COADJUVANTES

CHOCOLATES

1ª edição: 2006

Acompanhamento editorial
Helena Guimarães Bittencourt

Preparação do original
Luzia Aparecida dos Santos

Revisões gráficas
Maria Regina Ribeiro Machado
Daniela Lima Alvares
Dinarte Zorzanelli da Silva

Produção gráfica
Geraldo Alves

Projeto gráfico e paginação
Rex Design

Livraria Martins Fontes Editora Ltda.
Rua Conselheiro Ramalho, 330
01325-000 São Paulo SP Brasil
Tel. (11) 3241-3677 Fax (11) 3101-1042
e-mail: info@martinsfontes.com.br
http://www.martinsfontes.com.br

Dados Internacionais de Catalogação na Publicação (CIP)
(Câmara Brasileira do Livro, SP, Brasil)

Piqueira, Gustavo
Coadjuvantes / Gustavo Piqueira. – São Paulo : Martins Fontes, 2006.

ISBN 85-336-2235-X
1. Crônicas brasileiras 2. Futebol I. Título.

05-8625 *CDD-869.93*

Índices para catálogo sistemático:
1. Crônicas de futebol : Literatura brasileira 869.93

COADJUVANTES

GUSTAVO PIQUEIRA

Bem-aventurados os que sofrem por seus times, porque deles é o reino das arquibancadas

José Roberto Torero

“Ah, que inveja! Por que não fui eu que tive essa idéia? Burro, burro, burro!”, disse eu enquanto dava três socos na minha cabeça.

Foi isso que fiz quando comecei a ler este livro.

E fiz isso porque escrever a história de um clube contando seus momentos mais gloriosos é fácil. É idéia que todo o mundo tem. Difícil mesmo é pensar em escrever sobre os desertos de títulos, sobre a seca de glórias, sobre a estiagem de craques.

Falar de Pelé, Ademir da Guia ou Zico é moleza. Complicado é escrever sobre Darinta, Denys e Ditinho Souza.

Fácil é cantar os principais. Difícil é contar dos coadjuvantes. E essa foi a invejável idéia do Gustavo.

E a história ficou ainda mais interessante (eu ia usar "charmosa" em vez de "interessante", mas "charmosa" não é palavra para entrar num livro de futebol) porque Gustavo combinou uma triste década palmeirense com a sua própria adolescência, que, como todas as adolescências, é um período confuso, em que temos muitos dedos e medos, muitos hormônios e nem sempre muitos neurônios.

O resultado da junção daqueles anos trágicos e cômicos é esse livro que está agora em suas mãos. Um livro que agrada aos palmeirenses porque joga luz sobre um período de trevas, e não desagrada aos outros torcedores, pois não conta vantagens. Pelo contrário. Conta azares, derrotas, campeonatos não conquistados e cabeças-de-bagre. Conta o título perdido para a Inter de Limeira, as falsas promessas, como Aragonés, Reinaldo Xavier e Bizu, e a criação de uma torcida organizada que cabia num Fiat 147.

Nessa comédia de erros é que está a graça do futebol. Aí é que o torcedor mostra mesmo seu amor pelo clube. Sim, porque amar um ser perfeito é fácil. O difícil é amar alguém manco, estrábico e dentuço. Aí, sim, é amor de verdade. Amor incondicional como só as mães têm por seus filhos e os torcedores por seus clubes.

Torcedores que sempre crêem que seu clube marcará gols, que vencerá seus inimigos, que será campeão. Torcedores que têm fé. E, por isso, encerro esta apresentação com um pequeno plágio do Sermão da Montanha:

"Bem-aventurados os que suportaram as derrotas, porque eles comemorarão os títulos com mais alegria;

Bem-aventurados os que agüentaram os anos 80, porque eles ganharam o campeonato de 93;

E bem-aventurados os que sofrem por seus times, porque deles é o reino das arquibancadas."

Textos sobre futebol narram grandes épicos e seus heróis. Livros ricamente ilustrados contam histórias de glória. Manchetes estampam o vencedor da rodada. Times campeões ganham pôsteres gigantes. Grandes craques têm status de *rockstar*.

Nada mais natural. Ninguém é louco de publicar a edição comemorativa "Brasil Vice-Campeão do Mundo de 1998", uma reportagem especial com o perfil de Ditinho Souza ou um livro sobre o Estrela do Embu. Quem vai querer ler? Eu não. Sou um torcedor comum e ajo como tal. Quando o Palmeiras ganha, assisto a todas as mesas-redondas. Quando perde, minhas noites dominicais são dedicadas à leitura. Se por acaso cruzar algum dia com o Magrão na rua, vou sorrir e dar tchauzinho. Se for com o Adriano Chuva, vou atravessar rapidinho para o outro lado e fingir que não vi. O Verdão ganhou o campeonato? Vou todo pimpão até a banca de jornais comprar a revista-pôster. Não ganhou? Dois meses evitando prestar muita atenção na seção de futebol. Foco total nas revistas de sacanagem.

Acredito ter comprado — e lido — a maioria dos livros já editados sobre o Palmeiras. Alguns são ótimos. Outros nem tanto. Neles, relembro em textos e fotos os títulos e craques que marcaram a minha vida. E descubro com orgulho o passado glorioso do meu time. Perfeito.

Perfeito? Quase perfeito. Um dos grandes baratos de ler um livro sobre o seu time é o de, ao rever algum jogo ou jogador específico, reviver momentos da sua própria história. Mas não consigo reviver boa parte da minha vida em nenhum livro sobre o Palmeiras. Eu nasci em 1972. Em 1976, tinha quatro anos e não me lembro de nada, só da escolinha em que estudava, de meu pai, de minha mãe e de meu canário Onofre. Em 1993, já com vinte e um, estava quase formado na faculdade. Um intervalo de dezesseis anos. Dezesseis anos que não estão nos livros sobre o Palmeiras. No máximo, aparecem envergonhados em uma ou duas páginas. Porque de 1976 a 1993 o Palmeiras não ganhou nenhum título. Nada. Muito pelo contrário. De 1976 a 1993 o Palmeiras ficou, em futebolês claro, na fila.

Só times grandes esperam na fila. Nunca ouvi dizer que o Guarani de Campinas está há vinte e sete anos na fila. Ou o Bragantino há quinze. Nem mesmo a Portuguesa está na fila. Só entram na fila times que estão acostumados a ganhar títulos. Times que mesmo em décadas pouco inspiradas beliscam pelo menos um ou dois campeonatos estaduais. Para o torcedor, nada pode ser mais doloroso. Lembro de João Saldanha gritando enlouquecido "Campeão! Campeão!" quando o Botafogo do Rio quebrou o jejum de vinte e um anos, em 1989, e ele comentava o jogo pela tevê Manchete. Não se importou com o microfone aberto. Não se importou que tecnicamente o que se espera de um comentarista são análises táticas e não gritos descontrolados. Saldanha só se importou com o fim da fila. "Campeão! Campeão!" Meu professor de matemática da sétima série era corintiano fanático. Reza a lenda que no dia seguinte à final do Campeonato Paulista de 1977 — jogo que pôs fim a vinte e três anos sem títulos do Corinthians — o professor Belézia deu suas aulas vestindo a camisa de seu time. Em cima da mesa, um radinho ininterruptamente sintonizado nos programas esportivos. (Não duvido. Nada é impossível em se tratando de alguém que cultivava o folclórico hábito de ler um jornal com furos nos olhos em dias de prova a fim de pegar algum desprevenido colando. Parecia não se importar que os furos fossem grandes o suficiente para alertar até o aluno mais retardado da classe.) Basílio, o autor do gol da vitória corintiana, é até hoje um dos grandes heróis do clube. Mesmo tendo sido um jogador bastante limitado. Saldanha e o professor Belézia não eram apenas torcedores extravagantes comemorando a conquista de um título. O que comemoravam era o fim das derrotas consecutivas, acumuladas ano após ano. O fim da humilhação.

Eu disse que nada pode ser mais doloroso para um torcedor do que acompanhar seu time na fila, mas me enganei. Nascer com seu time na fila é pior ainda. No começo da fila. É triste constatar que as glórias foram todas vividas num passado longínquo. Glórias passadas só servem para nos encher de nostalgia. Não consolam nem aliviam. Mas ainda assim são infinitamente preferíveis a crescer só sabendo o que é uma glória por intermédio dos outros.

Textos sobre futebol narram grandes épicos e seus heróis. Menos este. Nada de grandes batalhas. Nada de protagonistas. Esqueça esse papo de grandes épicos e seus heróis. Aqui você só vai encontrar coadjuvantes. Um dos times que mais ganharam títulos no Brasil disputando campeonatos como coadjuvante por dezesseis anos. Jogadores de talento — não muitos, é verdade — coadjuvantes da história do clube por não terem levantado uma única taça. Os sem-talento — estes sim, em grande número — coadjuvantes do futebol, cuja única notoriedade se deveu às piadas que inspiraram. E, fechando o elenco, eu próprio. Coadjuvante involuntário do mundo que se formava ao meu redor.

SÓ A PERCEPÇÃO GROSSEIRA E ERRÔNEA PÕE

UDO NO OBJETO, QUANDO TUDO ESTÁ NO ESPÍRITO.

– Marcel Proust

1.

Forças do destino. Uma expressão pomposa que vez ou outra utilizamos para explicar a série de condutas que adotamos sem saber muito bem por que o fazemos. Cai como uma luva. Afinal, já que é impossível ser aquilo que gostaríamos, é necessário que alguém leve a culpa. Se o termo genérico nos alivia de tempos em tempos, é muito mais útil para os verdadeiros agentes invisíveis que constituem as tais "forças do destino". Confortavelmente instalados sob tão apocalíptico disfarce, divertem-se observando nossa perplexidade ante a aparente irracionalidade da vida enquanto agem imperceptíveis, definindo todo o caminho a ser percorrido.

Eu sei, eu sei, você quer ler um livro sobre futebol. Marcel Proust e esse blablablá são completamente desnecessários. Vamos logo ao que interessa.

Peço que me dê um desconto. Afinal, tudo o que vem a seguir é apenas uma conseqüência do fato de eu ter sido, quando criança, vítima de um desses agentes invisíveis. Nada de forças do destino. A culpa é toda do São Bento. Não, nem o santo nem o papa. O time. O time do meu pai.

O São Bento foi, por muitos anos, a única equipe de futebol da cidade de Sorocaba. (Nos anos 90, sob o patrocínio do Reverendo Moon, surgiu o Atlético Sorocaba. Apesar de ter alcançado a Primeira Divisão do Campeonato Paulista em 2004, o time nunca contou com a simpatia da velha-guarda sorocabana.) Subiu à divisão de elite do futebol paulista no começo da década de 60 e lá atravessou as décadas de 70 e 80. Rebaixado em 1991, nunca mais conseguiu voltar à Primeira Divisão – pelo menos até o momento em que escrevo este livro. Meu pai nasceu e cresceu em Sorocaba, no bairro do Além Ponte. Era apaixonado por futebol. O estádio do São Bento ficava a três quarteirões de sua casa. Até hoje tenho os livros com recortes de revistas que ele fazia quando moleque e me impressiono quando o ouço narrar os 2 x 0 do Brasil em cima da União Soviética na Copa de 58 (o jogo no qual Garrincha, Pelé e Vavá se tornaram titulares da seleção que viria a ser campeã) que acompanhou pelo rádio. Tem uma considerável coleção de fotos e troféus que comprovam que foi um bom goleiro de salão. Nesse item específico tenho cá minhas dúvidas, já que na única vez em que o vi em campo, em 88 durante um churrasco "da firma", seu desempenho sob as traves deixou bastante a desejar ("Falta de ritmo de jogo" foi a justificativa à época).

Mas enfim, se nasceu e cresceu em Sorocaba, nada mais natural do que torcer pelo São Bento. Qual o motivo para tanto drama? Chego lá. Sem entrar em detalhes, meu pai cresceu, formou-se engenheiro, casou com a minha mãe e vieram os dois, ainda sem filhos, morar em São Paulo. Ao contrário do que manda a etiqueta da metrópole, nada de escolher um time grande para torcer. Continuava Bentão.

Se por um lado alguém que mora em São Paulo e torce pelo São Bento é o tormento de um filho, por outro, faz a alegria dos amigos. Afinal, é sabido que uma das grandes missões da vida de um homem é a de fazer com que os filhos de seus amigos, irmãos ou primos troquem o time de coração do pai pelo seu. E essa tarefa fica muito, mas muito mais fácil quando o time a ser trocado é o São Bento.

Logo, com cinco anos, eu era um prato cheio para os amigos do meu pai. O amigo são-paulino me levou ao Morumbi para, pela primeira vez, assistir a um jogo ao vivo (São Paulo x Grêmio, pelo que me lembro). Na saída do estádio, usou as mais variadas técnicas de argumentação para me convencer de que torcer pelo São Paulo era a opção natural. Sentindo a concorrência se movimentar, meu padrinho partiu para um contra-ataque fulminante, presenteando-me com uma camisa do Corinthians. Eu, do alto de meus cinco anos, não entendia muito bem tudo aquilo (na verdade, só vim a entender mesmo quando meus amigos são-paulinos e corintianos tiveram seus filhos). O melhor time era o São Paulo? Eu concordava. Era para vestir a camisa do Corinthians? Eu vestia. Mas nada daquilo me dizia muita coisa, não.

2.

1979 foi um ano bastante movimentado. Na verdade, movimentado demais para quem tinha só sete anos. Como se não bastasse a separação pouco amigável dos meus pais (o termo "pouco amigável" usado aqui com evidente acento eufemístico), saí da pré-escola em Perdizes, o Gato Xadrez, para começar a primeira série no Colégio Santa Cruz. O Gato Xadrez era uma escolinha de bairro. Ocupava um sobrado branco de janelas azuis e bastava eu atravessar a Cardoso de Almeida para chegar em casa. O Santa Cruz ficava no Alto de Pinheiros (o que, dada minha completa falta de senso de direção à época, significava apenas que era bem longe). E ocupava todo um grande quarteirão.

Até aí nada de mais. Quase toda mãe quer colocar os filhos num bom colégio. Minha mãe me colocou no melhor que ela pôde encontrar. O que ela não imaginava, tenho quase certeza, era que o Santa Cruz não se propunha ser apenas um bom colégio. Ele "formava a futura elite do país". E as aspas da frase anterior não indicam uma força de expressão. É uma transcrição mesmo, uma assinatura institucional que não consta da placa da escola mas é repetida por alunos, ex-alunos e — provavelmente — corpo docente. Dá para imaginar o *mood* do lugar. Como o termo "elite" é — à sua maneira — abrangente, lá se misturavam as mais diversas modalidades, da financeira à cultural. (Não deixa de ser irônico que, mais de quinze anos depois de formado, o nome de maior projeção da minha turma seja Luciano Huck. "Formar a elite do país" significava isso então? Música duvidosa, neochacretes seminuas e gincanas infames sábado à tarde na Globo? Ah, agora entendi...)

Lógico que no meu primeiro dia de aula eu não sabia nada disso. Eu tinha sete anos, Santa Cruz era só um nome e mesmo a separação "pouco amigável" dos meus pais não parecia tão terrível. Como minha mãe trabalhava o dia todo, um ônibus escolar me levaria ao colégio. Muito bem. Desci até o térreo e me encostei na mureta do prédio. Em algum momento o ônibus chegou. Entrei. Era um ônibus mesmo — na época não havia vans — e o motorista, Jorge, era bem divertido. Sempre de bom humor, contando piadas para as crianças. Eu era um dos primeiros a ser coletado e o trajeto de minha casa até o Santa Cruz, que incluía aproximadamente mais quinze escalas, passando por Pinheiros, Vila Madalena e Alto da Lapa, durava quase uma hora. Quando me sentei no banco, descobri que os outros quatro ou cinco alunos que já estavam lá dentro, veteranos da terceira e quarta série, gastavam diariamente essa quase uma hora discutindo, empolgadíssimos, um único assunto.

Futebol.

Para moleques de nove/dez anos, discutir futebol não significa esmiuçar o esquema tático da Holanda de 74. Também não significa propor nomes para o ataque da seleção. Muito menos lamentar o perfil corrupto da cartolagem no futebol brasileiro. Para moleques de nove/dez anos, discutir futebol significa essencialmente ficar enchendo o saco dos que torcem por qualquer outro time. Pois bem, lá estavam os tais quatro ou cinco discutindo futebol. A divisão era clara: palmeirenses contra são-paulinos. Minha invisibilidade (superpoder que aprimorei com o passar dos anos mas que àquela altura era ainda incipiente) durou pouco. Provavelmente só até o Jorge cruzar a Doutor Arnaldo. Uma vez descoberta, a novidade aqui foi cercada. Não, nada de me perguntarem "Como você se chama?". Nem mesmo "Por que você tem essa cara de bobo?". Emendaram de primeira: "Pra que time você torce?" E você sabe: para quem está na primeira série os caras da quarta série são grandes. Muito grandes. Não dá para vacilar. Tinha duas opções para evitar ser jogado através da janela do ônibus pela futura elite do país. E não havia nenhum amigo do meu pai por perto para me dar uma força. A resposta "São Bento", então, teria certamente tornado os anos seguintes bem mais penosos do que foram. Mas, acredite, não titubeei. Respondi firme e decidido ante aqueles gigantes ameaçadores.

Palmeiras.

"Ai meu Deus!" você está gritando agora. "Eu não acredito que comecei a ler este maldito livro sobre o Palmeiras para descobrir que seu autor é palmeirense só porque teve que chutar uma resposta, como se estivesse fazendo uma prova de química com respostas de múltipla escolha." Tá, concordo que foi uma decisão tomada sob pressão. Mas não foi um simples chute. Na falta do pai, usa-se o avô. Sendo mais específico, o vô Gordo.

É evidente que o nome de batismo de meu avô materno não era Gordo. Era Sylvio. Mas ele era bem gordo e para um neto pequeno parece muito mais divertido ter um vô Gordo do que um vô Sylvio. Marmoreiro e fanfarrão, fazia um patê de sardinha que eu adorava comer com pão de água da Padaria do Gonçalo. Era descendente de italianos e, como tal, palmeirense. Não foi por acaso ou por leviandade que minha resposta saiu fácil. Afinal, éramos agora uma família de palmeirenses. Eu e o vô Gordo.

Originalmente o parágrafo acima falava de todos os meus avós, e não apenas do vô Gordo. Mas, como esta é uma história recheada de azares, quem há de estranhar que assim também tenha sido seu processo de composição? Com boa parte deste livro já escrita, estava passeando domingo à tarde em uma livraria do bairro. Como projetar capas de livros é uma de minhas atividades profissionais, é natural que adore passar em revista quase todos os exem-plares expostos. Capa por capa. Quando encontro alguma que acho bem-feita, vou até a página de créditos para descobrir quem foi o designer que a criou. Uma vez identificado, xingo-o silenciosamente por alguns segundos e devolvo a peça à sua pilha. Naquele domingo, entre um xingamento silencioso e outro, reparei no livro de Luis Fernando Verissimo sobre a história do Inter de Porto Alegre. Não que a capa fosse especialmente bem-feita. Mas, ao ler o título, percebi que ele também trocara uma simples listagem de jogadores e títulos por uma narrativa memorialística. Simpatizei instantaneamente e comecei a lê-lo ali mesmo, no meio da livraria. Em poucas páginas, minha simpatia azedou: ao contar o porquê de ter escolhido torcer pelo Inter, contava também a história de suas duas avós. Num primeiro momento, minha serenidade até que se esforçou para que eu mantivesse a calma. Apenas uma coincidência infeliz, dizia. Afinal, memórias de crianças de cinco a dez anos costumam incluir seus avós. Eu sei, eu sei. Mas quem iria acreditar? Desolados, eu e minha serenidade saímos da livraria. Por portas diferentes. Nem bem pus o pé na avenida

Higienópolis e, enfurecido, vi que me restavam apenas duas coisas a fazer:

A primeira foi a de rapidamente voltar para a casa e reformular todo o parágrafo[1] que havia escrito. A versão original se encontra aqui.

Como você pôde ler, para evitar que algum infeliz me acusasse de copiar o gaúcho, tive que relegar a vó Amparo e o vô Miguel a uma nota de rodapé.

A segunda, mais duradoura, foi o nascimento de um ódio profundo por Luis Fernando Verissimo. E olhe que eu até o estimava. Mas não depois daquele domingo. Como perdoar alguém que obriga você a retirar de suas memórias de infância dois de seus avós? Então, senhor Verissimo, se por algum improvável acaso este livro cair em suas mãos e você estiver lendo-o neste momento, saiba que sou uma pessoa rancorosa. Sempre fui. Sou bem mais alto que você. Mais jovem e vigoroso. Há seis meses entrei na musculação. E, se isso ainda não for o suficiente para

—

1 *"É evidente que o nome de batismo de meu avô materno não era Gordo. Era Sylvio. Mas ele era bem gordo e para um neto pequeno parece muito mais divertido ter um vô Gordo do que um vô Sylvio. Apesar de magérrimo, meu outro avô, Miguel, não virou o vô Magro. Continuou vô Miguel. O vô Gordo era (morreu em 1984) casado com a vó Amparo (Que curiosamente também não se chama Amparo, mas Soledad. Numa atitude completamente inexplicável seus pais deram, contudo, o mesmo nome de Soledad para sua irmã. Posteriormente se fez necessário criar algum tipo de diferenciação entre as duas e minha avó ganhou o nome fantasia de Amparo, enquanto a tia Sole continuou Soledad.) Marmoreiro e fanfarrão, fazia um patê de sardinha que eu adorava comer com pão de água da Padaria do Gonçalo. Era descendente de italianos e, como tal, palmeirense. Não foi por acaso ou por leviandade que minha resposta saiu fácil. Afinal, éramos agora uma família de palmeirenses. Eu e o vô Gordo."*

amedrontá-lo, lembre-se também de que, por ser um autor obscuro, conto com o elemento-surpresa na hora do ataque. Mais cedo ou mais tarde vou lhe dar o troco que merece.

3.

O fato de ter escolhido o Palmeiras por força das circunstâncias não resultou, de modo algum, em uma paixão frágil. Desde aquele dia no ônibus do Jorge, sempre foi decidida e inabalável. Talvez em toda minha vida só a paixão que tenho pela Rex apresente tamanha solidez. (Não arrisque nenhuma piadinha, Rex é o nome da minha empresa. Rex Design.) Nesses vinte e seis anos já me apaixonei e desapaixonei por diversas garotas, bandas e livros. Mas o amor pelo Verdão continuou lá. E sem essas coisas de "No Rio sou Vasco, em Minas Atlético..." Nada disso. No Rio não sou Vasco, Botafogo nem Fluminense. No Rio sou palmeirense. Em Minas também. Real Madrid ou Barcelona? Palmeiras. Também não "simpatizo" com nenhum time da NBA ou escola de samba carioca. Ainda moleque, assistia a um amistoso da seleção brasileira (não me lembro exatamente do ano ou adversário) pela tevê. No segundo tempo o técnico colocou Jorginho em campo, ídolo do Palmeiras na época. Foi a primeira vez que vi um jogador do meu time defendendo a seleção. Em poucos minutos, percebi que já não estava torcendo para o Brasil. Estava torcendo para o Jorginho. Só queria ver um gol se fosse dele. Se não fosse, não fazia a mínima diferença. Recentemente folheei um livro de fotos sobre o pentacampeonato. Nada de Ronaldos. Fui direto nas fotos do Marcos. Então, se você me perguntar por qual time torço em Copas do Mundo, a resposta vai ser a mesma: em Copas do Mundo eu torço pelo Palmeiras.

Mas voltemos aos meus sete anos. Uma vez palmeirense assumido, era hora de me tornar um torcedor de verdade. A ocasião não poderia parecer mais apropriada. Palmeiras x Guarani, pela Libertadores. A revanche da final do Brasileiro do ano anterior, vencida pelo Guarani. Mesmo que o campeonato de 1978 tenha sido decidido antes da minha escolha, eu também queria a desforra. Dessa vez, apesar de vice-campeão, apontavam o Palmeiras como favorito. Não me pergunte quem apontava, tudo o que me recordo é que a sensação de favoritismo era clara. Eu escolhera o time certo.

Do jogo em si não me lembro. Minha memória pulou os 90 minutos. O próximo registro que trago é o de estar descendo a Cardoso de Almeida com meu pai, provavelmente para ele me devolver à minha mãe. E de estar completamente confuso. O Palmeiras não era o favorito? Então como é que o jogo tinha sido 4 x 1 para o Guarani? Àquela altura eu achava que as coisas seguiam um padrão lógico. Se o Palmeiras era o favorito, deveríamos ter vencido. Simples. Tomar uma goleada não fazia sentido algum. Anos mais tarde, estava sentado ao lado de um senhor completamente bêbado na arquibancada do Parque Antártica. A certa altura, sem nenhum motivo aparente, ele se virou para mim. Com o olhar grave do sábio que vai transmitir a alguém toda a síntese de seu conhecimento, proferiu: "O futebol é ingrato." Fez uma breve pausa e voltou-se novamente para o gramado, seguindo calado até o fim do jogo.

Mesmo tendo estreado nos estádios com uma goleada daquelas, não desanimei. Escalei meu pai para mais uma tentativa. Dessa vez o sucesso parecia inevitável. O adversário era o Universitario do Peru, pela mesma Libertadores. (Sim, eu sei que o Palmeiras não poderia ter enfrentado um time do Peru pelo Campeonato Paulista. Mas não custa dar um pouco de verniz enciclopédico a um livro tão carente de dados precisos.) O Guarani era o atual campeão brasileiro. Mas o Universitario, mesmo que fosse o campeão peruano, não passava de um time desconhecido. Quase de várzea. O Verdão ia dar um passeio. Sei, sei. 2 x 1 para o Universitario. De virada. O futebol é mesmo ingrato.

Se minha rápida resposta no ônibus do Jorge aparentemente me salvou de um calvário diário, as coisas no Santa Cruz não iam lá muito bem. Durante aquele ano tive alguns surtos de destempero emocional que me fizeram gritar e atirar objetos em alguns alunos e professores. Meus colegas, que obviamente achavam tudo aquilo divertidíssimo, rapidamente me apelidaram. Eu virava o Hulk. Não vou fazer nenhum trocadilho com a cor verde. Nunca fiz tal associação. Além do quê, poucas coisas podem ser mais sem graça do que um trocadilho. Também não culpo meus colegas, afinal aquilo tudo devia ser realmente engraçado para eles.

Um amigo havia me convidado para passar o feriado em sua fazenda. Dois dias antes da viagem, jogava futebol durante o recreio quando outro colega, também convidado, passou por mim fazendo cara de nojo e dizendo não querer viajar com o Hulk. O esquema combinado pela mãe do anfitrião com as outras mães era simples. No dia marcado, terminadas as au-las, as quatro crianças convidadas deveriam se dirigir a determinado portão do colégio para efetuar o embarque. Naquela tarde, nem bem ouvi tocar o sinal corri na direção oposta e subi no ônibus do Jorge. Chegando em casa, minha mãe estranhou. Eu deveria estar na estrada, indo passar o feriado com meus amigos de escola. A viagem havia sido desmarcada, desconversei.

O fato é que, não entendendo o porquê de tudo aquilo, passei efetivamente a acreditar que carregava dentro de mim um monstro horrível e incontrolável. E minha maior preocupação naqueles tempos passou a ser não virar o Hulk. Consegui. Lembro-me do último dia de aula da segunda série em que pensei, aliviado, ter conseguido mantê-lo hibernando por todo aquele ano. Mas até hoje, quando encontro algum amigo de infância que pergunta, sem nenhum sadismo, se me lembro da época em que virava o Hulk, baixo os olhos e não consigo responder senão com um sorriso amarelo que traz estampada toda a tristeza daqueles dias. Quando 1979 chegou ao fim, eu já desistira de procurar alguma lógica nas coisas.

Talvez você tenha achado estes dois parágrafos um tanto melodramáticos. Mas, se temesse soar melodramático, eu estaria escrevendo outro livro, não este. Caso não quisesse abandonar o tema sem resvalar no ridículo, também não faltariam recursos literários. Um narrador fictício, por exemplo. Jovem *office-boy* da zona norte. Irmão de traficante no Jardim Ângela. Distancio-o o suficiente de quem eu sou para poder pontuar sem medo seu relato com o que considero fundamental de minhas opiniões e mazelas. Tudo com a devida *thickness*, como definiu o norte-americano Henry James. Tom confessional sem uma interposição qualquer é coisa de música brega. O problema é que na vida real nossa espessura é variável. Num instante somos um ensaio de Montaigne. Logo em seguida, um refrão do Fábio Júnior. Às vezes é bom não fingir o contrário.

4.

No ano seguinte meus pais já haviam se adaptado ao divórcio. Minha mãe, que continuava morando comigo e com minha irmã Natalia, no apartamento de Perdizes, comprara uma casinha nos arredores de São João da Boa Vista. Hiperbólicos os três, chamávamos o lugar de chácara. Mas era só uma casinha mesmo. Microssala, dois microquartos, minibanheiro com chuveiro em cima do vaso e minicozinha. Trinta metros quadrados, chutando alto. Meu pai alugara um quarto-e-sala na alameda Santos e, ao contrário de minha mãe, continuava a ir freqüentemente a Sorocaba. (Hábitos, aliás, que ambos aprimoraram com o passar do tempo. Enquanto ele voltou a morar em sua cidade natal há uns dois anos, ela só vai até lá para resolver algum assunto prático relativo à saúde da vó Amparo. Vai, resolve rápido e volta.) A divisão dos filhos não fugiu ao tradicional. Visita toda terça à noite. Um fim de semana com meu pai, o seguinte com minha mãe. Coincidentemente os dois resolveram tal alternância da mesma forma. Nos sem-filhos, ficavam em São Paulo. Nos com-filhos viajavam. Ou seja: eu e minha irmã viajávamos todo santo fim de semana. Sorocaba, São João, Sorocaba, São João...

Não existe lugar pior para uma criança crescer do que a cidade de São Paulo, você já deve ter lido em mais de um lugar. É provável até que também repita a frase, afinal se trata de uma das ladainhas oficiais de nossos tempos. Não há parques nem segurança. Vivemos confinados em *shopping centers*. Não há qualidade de vida na metrópole do trabalho. Se todos esses clichês fossem verdades absolutas minha infância teria sido idílica. Eu e a Natalia correndo descalços pelo pomar em tardes de sol. Brincando na rua sem correr risco algum. Subindo em árvores.

Infelizmente, como boa parte dos mantras atuais, esses também são muito mais uma forma de auto-engano do que qualquer outra coisa. É óbvio que São Paulo tem pouquíssimas áreas verdes e é perigosíssima. Mas o termo "qualidade de vida" só se torna minimamente sensato quando não é visto como algo descritivo de um objeto ou atividade específicos. Qualidade de vida não é fazer *rafting*. Nem mergulhar numa cachoeira. Nem nada. Uma vida com qualidade é aquela na qual você encontra ao seu redor as condições para fazer aquilo que gosta. Condições quaisquer. O trânsito e a feiúra da marginal Tietê não são sinais inquestionáveis de baixa qualidade de vida. Claro que detesto ficar parado num congestionamento. Mas é só um dado a mais na contabilidade de prós e contras. Uns gostam de andar duas horas no meio do mato para chegar a alguma praia, outros não. Uns gostam de passar o dia deitados numa rede, outros não. Se você faz o que gosta — seja lá o que for —, mora onde gosta e está com alguém de que gosta, você tem a tal qualidade de vida. É simples.

Não posso responder pela Natalia, mas a verdade — desculpem-me pai e mãe — é que eu detestava aqueles fins de semana. Tudo o que eu queria era ficar em São Paulo. Subi em árvores e juro que tentei achar legal. Mas não teve jeito. (Já adulto, decidi dar o troco na minha infância — para desespero de qualquer namorada — e só saio de São Paulo por algum motivo muito especial. De preferência, algum motivo que tenha embarque em Cumbica.)

Para piorar, me transformara num moleque introspectivo a fim de esconder o Hulk. A recém-adquirida timidez aguda tornava impossível qualquer nova amizade. O resultado dá para imaginar. Eu não fazia nada na grande maioria do tempo. Quando estava em Sorocaba, passava o sábado e o domingo assistindo à tevê. Mas em São João a televisão ficava no quarto de minha mãe. Durante boa parte do dia, ler era a única opção. Tentei os romances de Agatha

Christie. Gostava muito, mas, como não conseguia dormir à noite imaginando o assassino à espreita, acabei desistindo. Às vezes, na viagem de ida, minha mãe parava no Frango Assado para um lanche e me deixava comprar alguma revista. Eu adorava. Preencheria assim meu tempo nos dois dias seguintes lendo-a quantas vezes fosse possível. Certa vez, depois de nossos espetinhos de frango, fui autorizado a levar a última edição da *Placar*. E foi naquela *Placar* que vi, pela primeira vez, uma foto do Palmeiras. O time completo. Defesa em pé, ataque agachado. Goleiro na ponta e centroavante segurando a bola.

Se os resultados pífios dos dois jogos da Libertadores a que assistira ao vivo no ano anterior ficaram na memória, o mesmo não acontecera com os jogadores daquelas partidas. Tampouco me lembro do nome de alguém na histórica goleada de 4 x 1 sobre o Flamengo de Zico no Maracanã, ainda em 1979 pelo Campeonato Brasileiro, acompanhada pelo rádio voltando de Sorocaba, momento que guardo como a primeira vez em que me enchi de orgulho por ser palmeirense. Daquele jogo só me recordo de o técnico ser Telê Santana e de que, sob a sua batuta, o time jogara um futebol de encher os olhos. (Hábito que Telê aperfeiçoou nos anos seguintes. Em outros times, é claro.)

Dessa vez era diferente. Eu tinha a foto ali, com toda a escalação. E dois dias inteiros sem nada para fazer, a não ser decorar o nome e o rosto de cada um dos onze jogadores. Não dando a menor bola para as outras matérias da revista, empenhei-me ao máximo no cumprimento de tal tarefa. Tanto que, passados vinte e cinco anos, ainda me lembro de todos: João Marcos, Benazzi, Deda, Darinta e Jaime Boni...

"Peraí! Mas esse foi um dos piores times de toda a história do Palmeiras!"

Eu sabia que você não iria me deixar chegar nem à escalação do meio-campo. Não sou um idiota. Mais tarde também descobri que era um time horrível. Mas como podia saber à época? Se um garoto desavisado de oito anos der de cara com uma foto do Palmeiras de hoje e lá encontrar a zaga montada com Nen, Daniel e Leonardo, ele também não vai achar tão ruim. O fato é que, como se não bastasse ter presenciado dois vexames monumentais em meu batismo como torcedor, muitos dos meus primeiros ídolos (porque naquele fim de semana tive tempo suficiente para assim consagrá-los) entraram para a posteridade como alguns dos piores jogadores que já vestiram a camisa alviverde. Nem todos, sejamos justos. O bigodudo João Marcos foi até convocado para a seleção duas ou três vezes. Era banco, é verdade. Mas, se fosse um goleiro horrível, não teria sido chamado. Pena que era exceção. A maioria era muito ruim mesmo. Darinta, por exemplo, reina soberano na zaga de um hipotético pior Palmeiras de todos os tempos. Definitivamente, eu era um menino de sorte.

Uma pequena matéria acompanhava a foto, explicando que o Palmeiras reformulara toda a equipe visando a disputa da Taça de Prata. Não havia, como hoje, um Campeonato Brasileiro completamente independente dos campeonatos estaduais. Classificavam-se para a Primeira Divisão do Brasileiro (a "Taça de Ouro") as equipes mais bem colocadas nos respectivos torneios locais. E, pelo visto, o desempenho do Verdão no Paulista daquele ano não havia sido dos mais brilhantes. De qualquer modo, o regulamento estapafúrdio permitia a um time da Taça de Prata se classificar para a segunda fase da Taça de Ouro do mesmo ano. Soa absurdo, mas não vou me aprofundar. Afinal, já estamos acostumados a regulamentos *nonsense* por aqui. Além do mais, com oito anos eu não poderia me importar menos com as irresponsabilidades da cartolagem. Se era possível subir para a Taça de Ouro no mesmo ano, estava tudo ótimo. Inocente, nem desconfiei do motivo pelo qual a foto não enchia uma dupla colorida da revista, contentando-se com um mero cantinho de página. Em preto-e-branco.

A verdade é que a montagem daquele time "renovado" foi um marco, hoje eu sei. Se nos três anos anteriores o Palmeiras não levantara taça alguma, continuava a ser um time grande não apenas por seu passado. Chegara à final do Brasileiro em 1978. Só não chegara também à de 1979 porque o time de Telê esbarrou no Inter de Falcão na semifinal. Já aquela foto começava a contar uma outra história. Campanhas medíocres. Jogadores obscuros. Os anos mais negros da história do Palmeiras começavam ali, e eu, deitado na cama decorando a escalação, não sabia. Para mim aqueles onze simbolizavam apenas meus heróis. Minha turma. João Marcos, Benazzi, Deda, Darinta e Jaime Boni. Adauto, Sena e Célio. Osni, Paulinho e Baroninho.

5.

Alternando ininterruptamente fins de semana entre São João da Boa Vista e Sorocaba e obtendo resultados cada vez melhores em minhas pesquisas sobre invisibilidade, durante os quatro anos seguintes realizei a proeza de me transformar socialmente em uma espécie de fotografia. Uma imagem imóvel que representa um ser humano sem ser, emoldurada por um cenário igualmente imóvel. Este, por sua vez, com a função de emular inexistentes atividades externas. Quatro anos de vida interna, cumpridos integralmente. Não me lembro de ter assistido ao vivo a nenhum jogo do Palmeiras, assim como não me lembro de ter feito nenhuma outra coisa. A não ser viajar de lá para cá e me esquivar o máximo possível das outras pessoas. Passei então a criar meus próprios pontos de apoio. As coisas às quais me apegava eram, não por acaso, todas distantes. Nada que pudesse chegar perto o suficiente para descobrir minhas deficiências, se assustar ou decepcionar com quem eu era e ir embora. Fabricava dentro de mim o que elas ofereciam em troca de minha devoção. Não me soava fantasioso à época. Mesmo porque parecia não haver outra opção. Sem o saberem, devolviam meu carinho com igual intensidade e se tornavam amores correspondidos. O Palmeiras, é claro, era um deles.

Irrito-me profundamente quando leio a grande maioria dos textos ditos densos sobre futebol. A impressão que tenho é a de que o autor, a fim de legitimar o gosto por algo popular, precisa criar uma analogia que una o esporte a outro assunto de comprovado status social. Das artes plásticas à luta de classes, os resultados são invariavelmente maçantes. E, o que é pior, vazios na sua essência. Recentemente a *Folha de S.Paulo* publicou em seu caderno especial de domingo dedicado a discussões mais elevadas (Caderno Mais!) um texto de Pier Paolo Pasolini sobre a final da Copa de 70. Uma bobagem do começo ao fim. Mas o aforismo principal criado pelo cineasta, "A poesia brasileira venceu a prosa italiana", duvidosíssimo, foi repetido à exaustão na semana seguinte por diversos cronistas esportivos. Como se o fato de Pasolini escrever sobre o tema fosse, em si, um aval de valor. Pouco importa se era ruim. Quantas vezes, ao se escrever sobre Flamengo ou Corinthians — times ditos "do povo" —, o tema central não passa de uma ode piegas aos menos favorecidos? Quantos intelectuais não afirmam terem escolhido esses times por afinidade ideológica, como se isso sinalizasse a proximidade que têm com a classe que defendem? Da afirmação de uma suposta brasilidade então, nem se fala. O jogador brasileiro não é um mero craque. É o país mostrando ao mundo toda a exuberância gerada pela mistura de raças, principal produto destas paragens. Eu não sou palmeirense por ser um esteta. Minha paixão pelo Verdão não é movida por nenhum combustível ideológico. O Palmeiras é parte de quem eu sou. É uma das referências que construíram minha identidade. Se ganha um campeonato, nós ganhamos. Perdemos. Empatamos. Os verbos se conjugam na primeira pessoa do plural. É o meu time. Assim como a Natalia é minha irmã, a Gabriel dos Santos minha rua e este livro minhas lembranças. Objetos e pessoas às quais aplico um pronome possessivo não para denotar posse efetiva, mas para referenciá-los como ingredientes da minha composição. Elementos que ajudaram (e ainda ajudam) a me situar no mundo. Não possuo exclusividade sobre tal fenômeno. Ele se repete numa grande parcela da população mundial. E é por isso que o futebol é importante. Só por isso. Não que seja pouco. É, na verdade, um dos maiores atestados de importância que algo pode obter. (E façame o favor de não confundir isso com o fanatismo irracional que leva duas pessoas a se agredirem pelo simples fato de torcerem por times diferentes.)

Poucos companheiros de cela poderiam ter sido tão solidários com minha irrelevância quanto o Palmeiras durante aqueles anos. Não que eu quisesse, é lógico. Queria o contrário e acompanhava o time com atenção pelo rádio e jornais. Mas não deu. Até que começou bem. A disputa da Taça de Prata de 81, com a famigerada escalação da foto de *Placar*, foi um sucesso e o time se classificou para a segunda fase da Taça de Ouro. A ascensão fora decidida no Parque Antártica, contra o Guarani. 2 x 0. Na manhã seguinte ao jogo, provavelmente cumprindo ordens de minha mãe, fui ao Salão Ramos, que ficava a poucos metros de casa, na esquina da Cardoso de Almeida com a rua Caiubi. Não sem antes dar uma passada rápida na banca do Carlos e comprar a última *Gazeta Esportiva*. Se naquele dia o barbeiro quisesse testar algum novo corte me utilizando como cobaia, eu não teria notado. Hipnotizado, lia todos os detalhes da heróica vitória. 2 x 0. Dois gols de Sena. O tom triunfante não deixava dúvidas. Era o início de uma fase de glórias. Felizmente meu transe passou despercebido e saí do Ramos com o corte de sempre. Afinal, na Taça de Ouro, o Palmeiras perdeu quase todos os jogos (incluindo uma retumbante goleada de 6 x 0 aplicada pelo Inter do sr. Verissimo) e em poucas semanas já estava desclassificado.

Nos campeonatos seguintes, de 1982 e 1983, o time manteve a regularidade. Passou longe dos troféus. Mesmo a disputa da semifinal do Paulista de

1983 não causou grandes expectativas. O franco favorito Corinthians de Sócrates, Casagrande e Zenon espantou uma possível zebra de listras verdes e levou o bicampeonato. Se me alegrava ao ver que o time terminara o campeonato em terceiro lugar, fato inédito desde minha conversão, era como mero exercício de auto-engano racional. A empolgação com uma campanha vitoriosa (que poderia até não resultar no título, bastava vislumbrar tal possibilidade) ainda era algo completamente desconhecido. Outras coisas, contudo, foram-me reveladas naqueles anos. Em 1982 finalmente tive a compreensão que me fugira ao ver a foto do time de Darinta e companhia. Foi num domingo à tarde. Um belo domingo com sol de inverno, pelo que me lembro. Grudado num rádio-relógio amarelo-ovo, ouvia nervoso os minutos finais de Palmeiras x Corinthians. Aos 35 do segundo tempo, perdíamos por 2 x 1. Ainda dava para empatar. Quem sabe até virar. De repente, o locutor José Silvério começou a gritar empolgado. No meio daquela balbúrdia radiofônica, só consegui discernir duas palavras: "Gol" e "Casagrande". Pronto, perdemos. Nem bem havia me recuperado do golpe, lá vem de novo as mesmas palavras. Gol. Casagrande. *Replay*, pensei. Empolgadíssimo e irônico, Silvério pareceu ler meus pensamentos e prontamente me corrigiu: "Não!! Não é *replay*!! Casagrande faz o quarto do Corinthians!!" Uma regra elementar do boxe é a de que, uma vez nocauteado o oponente, o vencedor não pode prosseguir socando-o.

Mas naquela tarde as regras pareciam ter sido revogadas. Estirado no carpete de meu quarto, tomei outro cruzado. Gol. Casagrande. E a mesma maldita piada. "Não!! Não é *replay*!! Casagrande faz o quinto do Corinthians!!" Em quatro minutos, três gols. Perder por 5 x 1 é algo difícil de aceitar. Perder por 5 x 1 do Corinthians daquela forma, impossível. Quando recobrei os sentidos, a ironia do locutor ainda martelava minha cabeça. E, mais do que o placar propriamente dito, foi ela a grande responsável por eu ter caído na real. Esqueça as glórias do passado. Todos estão rindo, e nós somos a piada.

Lógico que o Palmeiras não perdia todos os jogos. Mas perdia o suficiente para nunca chegar perto das primeiras posições. Até mesmo aparentes vitórias vinham revestidas de incidentes bizarros. Em 1983, também pelo Paulistão, enfrentávamos o Santos. O jogo estava em seu minuto final, e perdíamos por 2 x 1. Escanteio para o Palmeiras. A bola sobra na meia-lua e Jorginho chuta para o gol. O tiro sai fraco. O juiz, José de Assis Aragão, está posicionado a poucos metros da trave esquerda. A bola, que se dirigia em direção à linha de fundo, desvia em Aragão e entra. 2 x 2, e fim de jogo. Como não poderia deixar de ser, os programas noturnos de televisão exploraram o episódio ao máximo. A bola vindo em direção a Aragão. Ele tentando pular mas, tal qual um centroavante oportunista, emendando para as redes. Ao tomar consciência do que acabara de fazer, manteve a fleuma. Fiel à regra, dirigiu-se impassível ao meio-campo. Perseguido por onze santistas enfurecidos. Os jogadores do Palmeiras, meio incrédulos, comemoravam. Era engraçadíssimo mesmo. Mas não consegui evitar que essa pantomima viesse revestida de uma espessa camada de vergonha. Para não perder, só mesmo com gol de juiz.

Os ídolos dessa época eram ocasionais como as vitórias. Lembro-me de uma suada vitória de 1 x 0 sobre o Corinthians, numa quarta ou quinta à noite. Gol de Freitas. Isso mesmo, Freitas. Nunca ouviu falar? Não se preocupe. Acho que Freitas não fez mais nada com a camisa alviverde. Fato raro, o Palmeiras revelara um meia talentoso. Carlos Alberto Borges. Borges, como o chamávamos. Fora convocado para a seleção, e tudo indicava que teria uma brilhante carreira. Até a tarde em que, durante um treino, foi atingido por um raio. Recuperou-se, mas nunca mais jogou bem. Uma tradição dos anos da fila foi a de contratar jogadores que vinham jogando muita bola em outros times. Como se pairasse alguma maldição sobre a Água Branca, nem bem estreavam no Palmeiras e seu futebol minguava. Foi assim com o meia Enéas, revelado pela Portuguesa. Foi assim também com Aragonés, meia boliviano que jogara muito bem contra a seleção brasileira nas eliminatórias da Copa de 1982 mas que pareceu ter esquecido de colocar seu bom futebol na mala quando se mudou para São Paulo. Também não poderia faltar na lista o famigerado "talismã". Aquele reserva mediano que sempre entra no segundo tempo e acaba guardando o seu, geralmente nos minutos finais. O talismã daqueles anos era Barbosa, ponta-direita rápido e oportunista. Para ser sincero, nem tão rápido nem tão oportunista. Mas fazia um golzinho aqui, outro ali e, dada a precariedade da época, estava de bom tamanho. Na verdade, jogadores bons mesmo havia só dois: o já citado Jorginho e Luís Pereira, zagueiro que voltara ao time após longa temporada na Europa.

Como fui tomado pela súbita pretensão de aplicar um verniz intelectual a este livro e achei que a frase de Proust na abertura não foi o suficiente para garantir tal status, pensei em citar Nelson Rodrigues a esta altura. Porque, voltando ao início deste capítulo, todo cara culto quando quer falar de futebol precisa incluir alguma citação erudita. Assim não corre o risco de ver seus amigos sofisticados torcerem o nariz. Se for um cara sem graça então, o autor carioca é definitivamente a pedida, já que, além de dramaturgo reconhecido, escreveu textos bastante divertidos sobre os jogos a que assistiu no Maracanã. Matam-se dois coelhos com uma só cajadada. Reafirma sua erudição e revela-se dono de um surpreendente senso de humor. Parecia ideal no meu caso também. Mas, após meia hora empacado, pensei bem e não vai dar não. Afinal, se para Nelson Rodrigues o botafoguense Didi era um "Príncipe Etíope", com qual alcunha eu poderia agraciar Freitas? O Conde

Romeno? Aragonés, o Xamã Inca? Borges, o Marquês Trovejante? Melhor deixar para lá. De qualquer modo, é bom não arriscar minha reputação. Prometo salpicar as próximas páginas com provas irrefutáveis de meu *pedigree* intelectual.

Quando já estava me acostumando à rotina de derrotas, eis que o Verdão surge com um grande time para o Paulista de 1984. O goleiro Leão estava de volta ao clube que o revelara. Luís Pereira ganhara um companheiro de zaga à altura, Vágner. Sua categoria em campo aliada a seu vasto bigode logo lhe renderam o apelido de Bacharel. (Bacharel morreu em 1990 após bater a cabeça numa disputa de bola quando jogava pelo Paraná.) Jorginho também não estava mais sozinho e agora formava uma dupla das mais elegantes ao lado do meia Mário Sérgio. Na lateral direita, o titular da seleção uruguaia, Diogo. Firme na marcação. Bom de bola. E raçudo, lógico. Como todos sabem, torcedor adora um jogador raçudo. Diogão era ídolo. Mesmo quando, anos depois, passou a ostentar uma silhueta para lá de roliça e começou a chegar bêbado aos treinos. Problemas particulares. Deduziram que seu casamento não ia bem após presenciarem o uruguaio discutindo num telefone público, às lágrimas, com a esposa. De qualquer modo, quando o campeonato começou, Diogão ainda era feliz no amor e o Palmeiras ganhou os oito primeiros jogos. Todos os oito. Num torneio de pontos corridos. Impossível conter a euforia. O balde de água fria, contudo, não tardou. Atingiu-nos ainda no primeiro turno, pouco depois de um tumultuado clássico contra o São Paulo. A vitória por 2 x 1 — de virada — e um quebra-pau generalizado em campo já pareciam ter sido o suficiente para torná-lo memorável. Mas hoje poucos se lembram disso. Porque algumas horas após o término do embate (termo mais apropriado para descrever aquele jogo) foi anunciado que Mário Sérgio jogara dopado. O time perdeu os dois pontos da vitória (na época uma vitória valia dois pontos). Perdeu seu melhor jogador. Perdeu também seu encanto. Abatido, rapidamente despencou na tabela. Euforia dissipada e mais um ano na fila.

6.

Não comece a ficar animado a partir deste capítulo. Não é porque deixava os doze anos e chegava à adolescência que vou começar a narrar minha iniciação sexual ou algo do gênero. Se você gosta de ler esse tipo de coisa, pegue um desses cronistas sessentões. Eles adoram narrar suas aventuras com namoradas, putas e amigas. Recheiam com conflitos comportamentais (culpa e prazer, ditadura e Woodstock...), temas paralelos (nostalgia carioca, carnaval, Glauber...) ou tiradas engraçadas só para disfarçar. No fundo, são apenas velhos tigrões querendo contar para todo mundo das mulheres que comeram (talvez na esperança de comer mais uma ou outra). Recordam-se dos anos 60/70 como difíceis, mas dionisíacos. No fundo acreditam representar uma geração abençoada. Os únicos a não serem os brutamontes machistas do passado nem os bananas sensíveis de hoje. Nunca tive o menor interesse em saber das peripécias sexuais dessa turma. Nem de outra qualquer. Se considero o assunto altamente entediante como narrativa, este não é o único motivo pelo qual ele não aparece aqui. Afinal, em 31 de janeiro de 1985, data do meu aniversário de treze anos, eu não era exatamente o tipo que deixava as garotas com frio na barriga. Minha dieta à base de Fandangos e Coca-Cola acrescentara um considerável volume à minha silhueta. Não virei um simpático gordinho. Virei gordo mesmo. Bem gordo. Maior do que o Diogão fase divórcio. Meus caninos superiores nasceram posicionados bem acima da linha da gengiva. "Dentes de vampiro" nas palavras da Natalia. Era muito tímido. Para tentar maquiar a fragilidade, virei *heavy-metal*. *Heavy-metal* de araque, confesso. Havia no Santa Cruz uma turma *heavy-metal cool* à qual eu — evidentemente — não pertencia. (Sei que soa improvável, mas na época era possível ser *heavy-metal* e *cool* ao mesmo tempo.) Dá para imaginar o sucesso, não? Atraente (gordo com dentes de vampiro), charmoso (mudo) e elegante (camiseta preta do Venom e bracelete de tachinhas). Os convites para alguma festa eram raros. Encontros, então, nem pensar. Não havia nada que pudesse encher minha agenda, a não ser as tabelas dos campeonatos. Minha *kitchenette* em Copacabana foi o Parque Antártica. Minha cama, sua arquibancada.

Pelo telefone, meio sem jeito, pedi a meu pai o que queria ganhar naquela noite de janeiro: assistir a Palmeiras x Goiás ao vivo. Não poderia haver melhor presente de aniversário. Vencemos, mas a partida em si não foi nada de mais. Naquela noite isso era o que menos importava. Jogo terminado, meu pai pediu que esperássemos um pouco antes de nos dirigirmos à saída, a fim de evitar possíveis tumultos. Passei aqueles 10 ou 15 minutos olhando ao meu redor, encantado. O campo vazio. Os refletores. Os outros torcedores na arquibancada. (Não vou aproveitar a poesia da cena para criar metáforas difíceis a fim de descrevê-la. "A luz dos refletores se chocava contra a grama, lapidando pequenas esmeraldas que explodiam em tons mediterrâneos" ou algo do gênero. Deixemos a grama com sua cor verde. E as enfadonhas descrições rebuscadas para outros livros.) Eu estava de volta. Não apenas aos estádios. De volta a muitas outras coisas. E daí que ninguém iria me convidar para um cinema domingo à tarde? Domingo tinha Verdão.

Lógico que minha mãe não aceitou de primeira essa súbita necessidade de ir ao estádio todo santo jogo do Palmeiras. Sem que eu percebesse, fez naquele ano uma espécie de transição. Às vezes liberava, às vezes não. Havia feito alguns amigos no Santa Cruz, um deles palmeirense fanático. Morava na rua Rio de Janeiro, em Higienópolis. Na primeira vez que me convidou para ir ao jogo, dona Arlete vetou. Mas aos poucos começou a deixar. E o Nando se tornou, nos quase dez anos de provação que ainda estavam por vir, meu grande parceiro de infortúnio. Todos em sua casa eram torcedores devotos. Inclusive o Zé. Oficialmente o motorista da família, na prática acumulava funções diversas. Seu nome verdadeiro era Cesídio. Por um evidente motivo prático, virou Zé. Era pedreiro até conhecer, durante uma reforma, o pai do Nando. Ele precisava de um motorista e simpatizou com aquele pedreiro que ostentava uma espécie de sorriso permanente, mesmo em dias de mau humor. Convidou-o. Ele não tinha carta. Nem sabia dirigir direito. Tudo bem, aprenda, tire a carta, e eu o contrato. Fez cinco vezes o exame psicotécnico. Foi reprovado em todas elas. Tio Tadeu achou mais fácil pular toda aquela burocracia desnecessária e acabou comprando a habilitação. (Pode parecer uma tremenda insensatez, mas a verdade é que nunca vi o Zé se envolver em nenhum acidente.)

Até aquele ano tivéramos alguns bons goleiros, zagueiros e meio-campistas. Já os centroavantes eram sofríveis. Artilheiros em fim de carreira, como Baltazar (o "Artilheiro de Deus") ou Luisinho, ex-América do Rio, confirmaram que estava mesmo na hora de pendurar suas chuteiras. No início do ano, época de contratações, acompanhara pela *Gazeta Esportiva* as negociações para trazer Careca, do Guarani. Vinha de um longo período de inatividade por conta de uma grave contusão, mas ainda assim era um bom jogador. Todo dia acordava e ia direto comprar o jornal. Palmeiras quer Careca. Negociações com Careca avançam. Careca muito próximo do Parque Antártica. O desfecho parecia inevitável. Era só ter um pouco de paciência. A manchete sonhada viria mais cedo ou mais tarde. Careca assina com o Palmeiras. Como previsto, tal dia chegou. Careca assina com o São Paulo. Incrédulo, tentei de novo. Careca assina com o São Paulo. Parecia uma piada de mau gosto, mas era verdade. Enquanto a diretoria alviverde fazia alarde, a tricolor — na surdina — levava a melhor.

Na falta de Careca, depositamos nossa esperança de gols em dois jovens talentos. Corrigindo: depositamos nossa esperança de gols em dois jovens. Talento não era o forte da dupla. Hélio e Reinaldo Xavier. Revezavam-se como titulares. Funcionava mais ou menos assim: o técnico decidia que Hélio era o titular. Após três ou quatro jogos sofríveis, todos pensavam que ninguém poderia ser tão ruim quanto ele. Reinaldo Xavier ("Reinaldo Mongo" como o chamávamos) virava o camisa nove. Três ou quatro jogos depois, o mesmo pensamento. Volta o Hélio. Três ou quatro jogos, Reinaldo Mongo.

Quando parecia que estávamos condenados a um revezamento eterno, soaram as trombetas. O Palmeiras contratara o centroavante Reinaldo, ex-Atlético Mineiro. Os mal-humorados de plantão diziam que estava bichado. Mas diziam isso do Careca no início do ano, e ele estava arrebentando no São Paulo. Reinaldo era seleção. Craque inquestionável.

Palmeiras x Portuguesa. Domingo de sol no Pacaembu. Eu e meu pai na arquibancada. (Para minha surpresa, meu pai aos poucos também começava a acompanhar o time.) O Verdão entra em campo e lá está Reinaldo. Não o Mongo, este segue cabisbaixo para o banco de reservas. O verdadeiro Reinaldo. Ei, ei, ei, Reinaldo é o nosso rei! Ele vai até o alambrado e acena. Ei, ei, ei, Reinaldo é o nosso rei! Finalmente um craque. Ei, ei, ei, Reinaldo é o nosso rei! O jogo termina. Portuguesa 1 x 0. Nosso rei mal tocara na bola. Sua passagem pelo Palmeiras foi curtíssima. Nos poucos jogos em que atuou, não marcou nenhum gol. Nenhum. Até hoje em nossos almoços semanais meu pai recorda, irônico. Ei, ei, ei, Reinaldo é o nosso rei!

Pode parecer incrível, mas chegamos à última rodada da primeira fase com chances de classificação. Remotas, é verdade. Para avançar às semifinais do Paulistão era necessária uma combinação de resultados. Vitória contra o XV de Jaú acompanhada de uma derrota do Corinthians diante da Ferroviária. Quando liguei a tevê, às 11 da manhã, para acompanhar a transmissão da partida de Araraquara (Palmeiras e XV de Jaú se enfrentariam à tarde), sabia que aquele era o resultado mais difícil de obter. O Corinthians era mais do que favorito. Sob a hoje risível alcunha de "Projeto Tóquio", contratara grandes jogadores. O uruguaio De León, o jovem volante Dunga e o artilheiro Serginho Chulapa, por exemplo. O adversário já estava desclassificado. Mesmo recém-acostumado a não nutrir grandes esperanças, não custava tentar. Vai saber. O primeiro tempo terminou empatado. 0 x 0. Na etapa final, quando o time da capital era claramente superior, gol da Ferroviária. Demorou um pouco até que eu efetivamente acreditasse naquilo. GOL DA FERROVIÁRIA! Desnecessário dizer que o Corinthians foi todo para cima. Mais de meia hora de sufoco. Mais de meia hora sentindo uma agonia inédita. Em campo, pressão total alvinegra. Uma hora ou outra o gol de empate sairia. Inevitável. Mas o tempo passava - muito mais lento do que eu gostaria, é verdade — e continuava 1 x 0. Quarenta e três minutos. Bola cruzada na área. Sobra para Chulapa. Sozinho, frente a frente com goleiro. Enfio a cara no travesseiro. Gol feito. Não quero nem ver. Que estranho, o narrador não gritou. Afasto lentamente o travesseiro. Chulapa chutou para fora. Quarenta e cinco. O juiz apita. Fim de jogo. Não é que a sorte virou? Estamos classificados! Impossível não ganharmos do XV de Jaú em casa.

Desde sábado dona Arlete informara que, por conta de uma prova de matemática na segunda, minha ida ao Parque Antártica estava vetada. Se a classificação improvável havia feito com que aceitasse o fato com relativa tranqüilidade, quando Chulapa perdeu aquele gol feito fiquei completamente angustiado ante a iminência de não participar de um jogo que acabava de se revelar histórico. Mas não esbocei nenhuma reação. Qualquer pessoa que conhece minha mãe sabe quão pouco recomendável é querer discutir com ela. Fui estudar, resignado. Um pouco antes das quatro deixei de lado as apostilas e liguei o rádio. Hora da festa. Confirmando todas as previsões, Barbosa abriu o placar. O XV empatou. No início do segundo tempo, virou. Mal deu tempo de me desesperar. Poucos minutos depois, de pênalti, Bacharel empatou. Faltavam 25 minutos para o fim do jogo. Mantenha a calma. Só um golzinho, e tudo está resolvido. Aos 32, eis que surge o tal golzinho. Do XV de Jaú. Não podia ser verdade. Desesperado, comecei a urrar e chutar a porta do meu armário. Só queria despertar daquele pesadelo. Mas nada aconteceu. O jogo acabou, 3 x 2 para o XV.

Minha mãe, que estava na sala com alguns amigos, não foi até o quarto me repreender. Apesar de todo aquele escândalo. Assim como meu pai, começava a simpatizar com o time por amor ao filho. Já da pobre porta do armário — até onde me recordo — ninguém se compadeceu.

7.

Lateral-esquerdo discreto (salvo um vistoso *mullet*), Paulo Roberto foi eleito bode expiatório da derrota para o XV de Jaú. Como não assistira ao jogo ao vivo, não sabia exatamente o motivo exato para tanta revolta. Mesmo assim, juntei-me ao coro. Ora, ninguém iria crucificar o cara sem motivos. Além do quê, há tempos já se comentava que o Palmeiras tinha para a mesma posição um jovem talentosíssimo. Prata da casa. Na única partida que jogara pelo profissional, fora o melhor em campo. Dito e feito. No primeiro jogo de 1986, Paulo Roberto já não era jogador do Palmeiras. O moleque revelação era o novo titular da posição. Denys — leia com inflexão oxítona — passava longe do estereótipo físico do jogador brasileiro. Magro, branquelo e loiro, subiu das divisões de base já com o apelido de Mussarela. Mal sabíamos todos que

1985 tinha sido apenas uma versão *light* de 1986. E a dobradinha XV de Jaú/Paulo Roberto um mero rascunho de Inter de Limeira/Denys Mussarela.

Em 1985 o Brasileiro fora jogado no primeiro semestre e os estaduais no segundo. Agora, calendário invertido, o ano começava com a disputa de mais um Campeonato Paulista. Não me pergunte por quê. Outra novidade foi a tentativa de ressuscitar o Torneio Início. Um torneio de abertura que começava e terminava no mesmo dia. Todos os times do campeonato se enfrentando em jogos eliminatórios de meia hora. Em caso de empate, o vencedor saía pelo número de escanteios a favor. Programa imperdível. Passar o dia todo no Pacaembu. O dia todo? Só se eu torcesse para outro time. O Palmeiras foi eliminado logo em sua segunda partida. Pelo São Bento. Pôr-do-sol acompanhado pela tevê. Mas o fato é que, mesmo com o vexame inicial, o time daquele ano era um timaço. Diogão e Vágner Bacharel atrás. Lino, Jorginho e Mendonça no meio-campo. Dessa vez, o revezamento de centroavantes se dava por um bom motivo. Mirandinha e Edmar, goleadores, disputavam a posição. Toda a torcida — eu inclusive — achava que os dois deveriam jogar juntos. O técnico Carbone resistia. Na ponta-esquerda, Éder. Dois outros jovens vindo dos juniores no ano anterior, Gerson Caçapa e Edu, completavam o esquadrão. Tínhamos jogadores de sobra. E eles não nos decepcionaram. Com uma bela campanha na fase de classificação, o Palmeiras se classificou para as semifinais como franco favorito ao título.

Dois jogos, ida e volta, contra o Corinthians. Malogrado o Projeto Tóquio, o time alvinegro daquele ano era bastante medíocre. Mas, como manda o clichê, clássico não tem favorito. Tá, até aí eu concordo. É bem freqüente, aliás, o adversário considerado mais fraco encher-se de brios contra um rival tradicional e vencer a partida. O torcedor derrotado sofre, mas aceita o fato. Seja pela lembrança de uma tarde em que seu time, o Davi da vez, saíra vitorioso, seja pela certeza da desforra num futuro próximo. Perdemos o primeiro jogo por 1 x 0. Mas não deu para se conformar, não. Porque em meus trinta e três anos de vida não me recordo de um juiz ter intervindo tanto na definição de um resultado como Ulisses Tavares da Silva naquela tarde de domingo. (O verbo original dessa frase não era "intervir", mas sim "roubar". Achei melhor substituir a fim de preservar alguma elegância.) Gol anulado. Pênalti claro não marcado. Toda a inútil superioridade do Palmeiras em campo foi coroada pelo juiz nos minutos finais ao ignorar o impedimento que resultou no gol da vitória marcado por Cristóvão. Assistia ao jogo na curva da arquibancada oposta ao lado em que se deu a jogada. Qualquer pessoa que já foi ao Morumbi sabe que de lá é impossível ter a certeza de um impedimento qualquer, por mais escandaloso que seja. Mas eu não tinha dúvida alguma. O filho-da-puta estava impedido e o maldito juiz deve estar apitando este jogo vestindo a camisa do Corinthians por baixo de seu uniforme preto. Tenho catorze anos e não poderia me importar menos com elegância. É um roubo, e ponto. A lágrima de indignação e raiva que caiu ainda durante a partida não veio sozinha. No inevitável congestionamento da saída, ressurgiu também a insegurança, uma de minhas mais fiéis escudeiras.

Na quarta seguinte, fim de tarde, Zé — e seu Fiat 147 azul-petróleo — nos buscou no Santa Cruz logo após a aula e seguimos direto para o estádio. Um amigo são-paulino, Belo, na falta de programa melhor para uma noite de meio de semana, foi junto. Seu apelido em nada se devia ao pagodeiro-traficante dos dias de hoje, mas sim a uma excessiva vaidade com as roupas e o cabelo. Belo (ou "Beleza") estava bem à frente do seu tempo, precursor inquestionável dos metrossexuais. Sacolejando pela Marginal, Cidade Jardim e Giovanni Gronchi (tinha a impressão de que o Zé se recusava terminantemente a instalar amortecedores em seu carro), chegamos bem cedo ao Morumbi e conseguimos nos sentar no melhor lugar, bem no meio da arquibancada. Uma espécie de zona morta que dividia as duas grandes torcidas uniformizadas, TUP e Mancha Verde. Algumas entediantes horas depois, quando a bola rolou, a longa espera ameaçou ser em vão. O tempo ia passando, e nada. Fim do primeiro tempo, e nada. Precisávamos ganhar o jogo no tempo normal para levá-lo à prorrogação, em que teríamos a vantagem do empate. Mas o gol não saía. Vinte do segundo tempo. Trinta. Quarenta. 0 x 0. Sentado um degrau acima de mim e do Nando, Belo, em sua tranqüilidade tricolor, decidiu arriscar perder duas amizades ao mesmo tempo e começou a soltar irritantes comentários, "Faltam cinco minutos". Virávamos os dois para trás, olhando feio sem dizer nada. "Faltam quatro minutos." Será que dá para ficar quieto? "Faltam três minutos." Puta que pariu, todo mundo sabe ler! Cale a boca e olhe o jogo. É escanteio para a gente. Aos 42 do segundo tempo, é evidente que a grande área corintiana concentrava todos os homens em campo à exceção do goleiro Martorelli. Quando Jorginho cobrou o tiro de canto e colocou a bola no meio daquela confusão, ela desapareceu. Desesperados, procurávamos sem sucesso alguma forma redonda na aglomeração de camisas verdes e brancas. De repente ressurgiu, alheia a toda aquela balbúrdia, entrando no gol. Sincronizados, viramos os dois para trás. Cada um segurou um dos braços do Belo e começamos a sacudi-lo violentamente. FALA AGORA! FALTAM QUANTOS MINUTOS? DOIS? UM? NENHUM? Ele, sem esboçar reação, apenas deixava-se chacoalhar, enquanto ria de nossa incontrolável possessão. O autor do gol permanecera um absoluto mistério até o nome de Mirandinha acender no placar eletrônico. O juiz apitou fim de jogo. Ainda faltava o empate na prorrogação. Em *Um conchego de solteirão*, Balzac descreve como a simples descoberta da força do adversário Felipe Bridau faz Maxêncio de Gillet perder o duelo e a vida. Ainda faltava o empate na prorrogação, mas, assim que a bola bateu na canela de Mirandinha e foi para as redes, o Corinthians estava liquidado. Não satisfeitos em apenas não tomarmos um gol, fizemos dois. Um deles olímpico, de Éder. 3 x 0. Por muitos anos (até o último capítulo deste livro, para ser mais preciso) aquela noite de agosto foi meu *highlight* futebolístico. Para completar a alegria, a final seria disputada contra a Internacional de Limeira. Ok, o time do interior fizera a melhor campanha da fase de classificação. Mas, com exceção do Santos, jamais algum time de fora de São Paulo havia sido campeão. Acabávamos de meter 3 no Corinthians. Os dois jogos seriam em São Paulo. Já era.

O primeiro jogo da final foi cinzento e sem graça como a tarde de domingo na qual aconteceu. Um 0 x 0 pró-forma. Sem problemas. O dia era quarta, sabíamos todos. Mesmo esquema. Santa Cruz—Morumbi a bordo do 147 do Zé, dessa vez com uma breve escala no *drive thru* do McDonald's. Mesmo lugar na arquibancada e mesmas intermináveis horas de espera. A Inter jogava pela igualdade na prorrogação se o tempo normal terminasse empatado. Mas isso não nos preocupava. Cento e vinte minutos para fazer um mísero golzinho era tempo de sobra. Antes de entrar no estádio, paramos num camelô qualquer e compramos todos as faixas de campeão. Tecido branco vagabundo. Palmeiras Campeão Paulista 86 em corpo garrafal, cor verde contornada com purpurina dourada. Repetindo a semifinal, o tempo passava, e nada de o gol sair. O segundo tempo encontra todos nós — torcedores e time — emitindo visíveis sinais de nervosismo. Dez anos de fila pesando nas costas. Kita, centroavante da Inter que parecia ter servido de modelo para o boneco Falcon, percebe o descompasso e, da entrada da área, emenda uma virada no canto direito. Martorelli pula, mas a impressão é a de que tem a estatura de um anão de circo. Gol da Inter. Meu cérebro se esforçava para convencer todas as minhas ou-tras células, em estado de choque, de que bastava um golzinho no tempo normal e outro na prorrogação. Vamos todos nos tranqüilizar. Não deu tempo. Numa inofensiva troca de passes laterais no meio-campo, a bola é recuada para Denys, próximo à linha lateral. Ele tenta dominar e se atrapalha feio. A bola escapa. Tato, ponta adversário, aproveita-se da bobeada de Mussarela, rouba-a e dispara na direção de Martorelli. Denys corre atrás, desesperado. Só o alcança quando a bola já saiu dos pés de Tato e segue inabalável rumo ao gol. Mesmo sabendo ser inútil, aplica uma desastrada tesoura no ponta alvinegro. Talvez para se vin-gar do fardo cuja sentença perpétua sabia que acabara de receber. 2 x 0. Em menos de cinco minutos estava tudo acabado. Ainda faltavam mais de trinta para o fim do jogo, mas todos sabíamos que estava acabado. O zagueiro Amarildo descontou para o Verdão, mas continuamos sabendo que estava acabado. Assim como milhares de outros torcedores, deixamos nossas faixas de campeão na arquibancada para que os lixeiros as recolhessem e voltamos para a casa. Já passava da meia-noite quando abri a porta de casa. Minha mãe e minha irmã me esperavam acordadas. Queriam me dar um abraço. Éramos todos palmeirenses. Havíamos sido todos derrotados.

No dia seguinte, no colégio, as gozações foram variadas e ininterruptas. Não havia como ser de outro modo. Novamente eu era a piada. A diferença é que dessa vez havia em mim um inédito sentimento positivo. As risadas não humilhavam como antes. Perdera, é verdade. Mas eu estava lá. Não apenas na final. Em todos os jogos. Caíra em combate. Um guerreiro. De espadinha de plástico, mas um guerreiro. Para quem sempre se viu como um grande covarde, era um salto e tanto. Naquela manhã, para minha surpresa, enchi-me de brios. Sim, nós perdemos vergonhosamente. Mas continuo palmeirense. E me orgulho disso. Meio sem querer, por tabela, meu time fez aflorar o orgulho por outras coisas. Como o de ser quem eu era, ainda que dentro de mim mantivesse a coroa de rei da irrelevância.

Um amigo que também estivera no Morumbi chegou em casa em estado de choque. Sentado no sofá, ligou a tevê para assistir ao videoteipe do jogo. Quando Kita soltou a virada, concentrou-se. Quem sabe dessa vez a bola não vai para fora? Mas não foi. Martorelli pulou, não alcançou, gol da Inter. Igualzinho. Seria igual para sempre. Nos dezesseis anos de fila, nunca houve derrota como aquela. Ou vilão comparável a Denys.

8.

A promoção à Ordem dos Cavaleiros com Espadinha de Plástico, contudo, não causou um impacto profundo em meu cotidiano. Ainda circulava exclusivamente pela garagem e pelo elevador de serviço do prédio onde morava. Por mais de seis anos evitei entrar pelo térreo ou subir pelo social. Acreditava que minha inferioridade era clara o suficiente para ser desmascarada até mesmo nos poucos segundos que se leva para chegar ao 9º andar. Esse curioso hábito incorporado a minha rotina funcionava não apenas como uma proteção imaginária, mas também como uma espécie de condenação auto-infligida. Infelizmente não era possível assistir às aulas do Santa Cruz sentado no depósito dos faxineiros. Eu teria adorado. Alguns anos antes tentara ser goleiro, mas me faltavam os nervos. Se nos rachões do recreio até conseguia transmitir alguma segurança a meu time, nos torneios internos do colégio tomava frangos homéricos. Decidi então me deslocar para a quarta zaga. Não havia lugar mais discreto. Em jogo de moleques não há efetivamente algum esquema de marcação. Sempre que o goleiro do meu time se preparava para sair jogando, posicionava-me perto de algum jogador adversário. Não passe para mim, estou marcado. O jogo, assim como todo o resto, era um exercício de probabilidades. Quanto menos aparecesse, menor era a chance de errar e pôr tudo a perder. Não havia ganho possível. Empate ou derrota, das duas uma. Torcia para que a bola não se aproximasse. Estava lá só fingindo ser como os outros. Fingindo para mim mesmo, principalmente.

Eu não chegaria muito longe se continuasse assim mas, para minha sorte, meu projeto de invisibilidade começou a ruir quando fiz quinze anos. Não que tenha sido abençoado por alguma nobre revelação. O fato é que comecei a beber. Bastante. Muitos garotos de quinze anos começam a beber, eu sei. Li hoje no *Estadão* que 48% dos jovens paulistanos entre doze e dezessete anos bebem. Nunca prometi nenhuma aventura ímpar a você, leitor. Está lá escrito, no começo deste livro. Minha vida não daria um roteiro de filme. Nem mesmo um daqueles experimentais dirigidos por Andy Warhol, com a câmera imóvel captando por minutos a fio a imagem de uma porta qualquer. Falta-me aquele *flavour avant garde*. (Caso neste momento você esteja pensando com um sorriso irônico que ela também não daria um livro, saiba que tal idéia também me é bastante recorrente.)

Enchia a cara no boteco mais próximo. Eram todos iguais. Podia ser o da esquina da Cardoso com a Estevão de Almeida. O Lindaia, na Conselheiro Brotero, perto da casa do Nando. O Kinka's na Clélia, caminho da casa do Belo. O Garotão, próximo ao colégio. Não importava. Seis doses de pinga, por favor.

São Paulo é uma cidade na qual os botecos não possuem *glamour* algum. Esqueça as outras cidades. Esqueça também os neobotecos e sua cuidadosa decoração inspirada nos estabelecimentos cariocas. Boteco em São Paulo é coisa de pobre. Botecos em bairros de classe média ou média alta são freqüentados exclusivamente por porteiros e empregadas domésticas. Balcão de alumínio, máquina caça-níqueis e lousa anunciando a pouco apetitosa feijoada das quartas e sábados. O Pirajá não é um boteco. Nem nenhum outro bar de inspiração similar. Recentemente fui dar uma palestra em Belo Horizonte. Durante o almoço com os professores da universidade que me convidara, um deles disse ter ido a alguns botecos que imaginou bem tradicionais na Vila Madalena. Citou uns três. Todos têm menos de cinco anos, respondi. E já abriram com essa decoração "despretensiosa". A classe média paulistana não vai a botecos, só a bares ajeitados que emulam botecos. Não que eu adorasse aquilo tudo. Não pretendo fazer uma ode ao balcão de alumínio. Era pura falta de opção mesmo. Quando, anos depois, venci os empecilhos necessários, nunca mais entrei em um. Você só vai ao boteco — seja você quem for — se não puder ir a outro lugar.

Eu disse que a classe média paulistana não freqüenta botecos. Mas me enganei. Alguns jovens adultos, ditos arrojados, na ânsia de se afastarem da classe à qual pertencem, buscam adotar hábitos que demarquem de forma clara tal distância imaginária. É comum depararmos com designers, jornalistas ou publicitários — vou me ater às espécies mais caricatas — que afirmam sua paixão por uma cerveja no boteco. Imaginam com isso não deixar dúvidas sobre o abismo que os separa de um dentista de Moema. Simulam uma personalidade que diz valorizar a essência das coisas, sem perceberem que recendem afetação por todos os poros. Todos sabemos que desarrumar o cabelo para parecer louquinho dá muito mais trabalho do que penteá-lo repartido de lado. Ninguém adora tomar cerveja em botecos. Só quem não tem escolha.

Não tomava um porre por dia. Na verdade, quando muito um por semana. Apenas o suficiente para cometer toda a série de bobagens que se comete embriagado. Uma vez consumadas, não há mais por que evitá-las. Pouco importa qual seu estado. Na primeira vez que entrei pelo térreo e subi pelo social, estava bêbado. Matamos a aula e passamos a tarde de sexta enchendo a cara. No dia seguinte, percebi com surpresa que nada havia acontecido. O zelador não me barrara na portaria. O síndico não colara um aviso no elevador com meu rosto.

Enquanto vivia minha euforia etílica, o Palmeiras curtia uma bela ressaca. A alguns remanescentes do vice-campeonato, como Bacharel, Lino e Diogão, somaram-se pouquíssimas novidades positivas, como o jovem goleiro Zetti. Finalmente, estávamos livres da insegurança e do cabelo cuia de Martorelli. Caçapa e Edu também se firmavam como titulares. Mas era só. O resto era de doer. Não que a diretoria não tivesse tentado trazer reforços. Para o lugar de Éder, por exemplo, trouxe da Ponte Preta o ponta-esquerda Mauro, uma grande promessa. Mas, assim como eu sob as traves do Santa Cruz, Mauro não possuía os nervos. Logo nas primeiras partidas em que não demonstrou o futebol esperado, foi impiedosamente xingado pela torcida. Até aí nada de mais. Acontece em todo clube. As contratações de peso têm que dar conta da expectativa criada. Mas ele não segurou e entrou no vestiário aos prantos. Para piorar, havia testemunhas. Toda nossa reserva de paciência havia sido gasta em 1986 e não houve como perdoar as lágrimas do ponta. Tudo o que não precisávamos era de jogadores sensíveis. Mauro rapidamente virou Mauro Chorão. E nunca mais conseguiu receber uma bola sem que ela viesse acompanhada de todos os palavrões com que se pode ofender alguém. Desnecessário dizer que sua passagem pelo Palmeiras foi um fiasco. Outro tiro n'água foi Delei. O ex-camisa 10 do Fluminense chegou ao Parque Antártica com a pecha de maestro que só os meia-armadores habilidosos podem ostentar. Jogou algumas poucas partidas e sofreu uma grave contusão. Ficou meses em tratamento. Quando se recuperou, achou que era hora de respirar novos ares e pediu para sair do clube. Juarez parara o até então irresistível ataque de Edmar, Mirandinha e Éder na final do ano anterior. A diretoria rapidamente se moveu para trazer de Limeira o zagueiro de cabelo *black power*. Esperando que fosse, contra os adversários, o mesmo xerife implacável que fora contra o Palmeiras. Nada. Juarez trocou de camisa mas continuou a nos trazer desgosto.

Mesmo com ingratos, suscetíveis e pernas-de-pau, levantamos a taça do primeiro turno do Paulistão. É óbvio que — azarados como éramos — era um título meramente simbólico. Mas também é óbvio que — carentes como éramos — comemoramos feito loucos. A "final" foi em Santo André, contra o time da casa. Estádio lotado. 1 x 1. A torcida em coro. É campeão. É campeão. (Zetti estava a mais de mil minutos sem tomar gols. Quem quebrou sua invencibilidade naquela partida foi Luisão Pereira, então zagueiro do time do ABC.) Para completar meu deleite, pôster na *Placar*. Não, nada de fotinho em preto-e-branco no canto da página. Pôster mesmo. No meio da revista. Editores não são nada bobos. Sabiam de nossa avidez. O jogo foi numa noite de meio de semana e, no domingo seguinte, estávamos eufóricos no Pacaembu para o início do segundo turno. Palmeiras x Portuguesa. Enquanto esperávamos o jogo começar, Nando me conta que ouvira de manhã uma entrevista com o centroavante Guina pelo rádio. Jovem centroavante limitadíssimo que nos inspirava uma dilacerante saudade de Mirandinha e Edmar, era titular por absoluta falta de opção. Entre os tradicionais clichês "o time está unido para pegar a Portuguesa" e "o título foi importante mas ainda não ganhamos nada", Guina conta que estrearia naquela tarde um corte de cabelo especial. Aerodinâmico. Para melhorar seu desempenho nas bolas aéreas. Impossível, pensei. Era uma das coisas mais ridículas que eu já escutara. Acredite, é sério, jurava o Nando. Ouvi mesmo. E caíamos os dois na gargalhada. Cabelo aerodinâmico era demais. Assim que o time começou a sair do túnel nossos olhos aguardavam ansiosos a entrada de Guina. Queríamos mais risadas. Quando finalmente pisou no gramado, sentimos falta de alguma aberração capilar. Ele apenas deixara as laterais um pouco mais cheias, num corte que viria a ser conhecido alguns anos depois como "cabelo Bozo". Se esperávamos algo mais impactante, decidimos nos contentar com o modelito discreto e continuamos a nos divertir. As piadas duraram até os 27 do primeiro tempo. Verdão no ataque. Bola cruzada da linha de fundo. Guina marca 1 x 0. De cabeça. Havíamos tirado tanto sarro dele que nem comemoramos direito. Apenas ficamos parados, olhando um para o outro com cara de idiota. Não é que aquilo funcionava mesmo? Após poucos segundos de perplexidade, decidimos esquecer o mico. Afinal, está 1 x 0. Vamos comemorar. Também não durou muito, não. Um minuto depois a Portuguesa empatou. Fim de jogo, Lusa 4 x 1. E não me recordo de nenhum outro gol de cabeça marcado por Guina. O fictício título do primeiro turno igualmente se revelou um embuste. Os pontos acumulados no início do campeonato garantiram a presença nas semifinais, mas, lá chegando, fomos facilmente despachados pelo São Paulo. Um 3 x 1 memorável apenas pelo monumental frango de Zetti, engolido por entre as pernas após uma cobrança de falta (mal) executada pelo meia Neto. Novamente era uma bela tarde de sol invernal no Morumbi. Novamente eu não via nenhuma utilidade naquilo. A poesia da natureza, quando desacompanhada, de nada serve. O que enxergamos como belo em alguma coisa já existe como belo dentro de nós. Os objetos — seja um pôr-do- sol, uma garota ou uma obra de arte — são apenas refletores que utilizamos para externar e reconhecer a beleza que carregamos. Se examinados à parte, simplesmente não possuem valor algum.

Findo o inverno e o Paulistão, as contratações desastrosas do segundo semestre sinalizavam que a diretoria entrara em sintonia comigo. Todos juntos, num grande porre, cometendo as mais desvairadas tolices. O fraquíssimo desempenho de Juarez pareceu não ter surtido efeito e mais um algoz de 1986 foi apresentado como reforço, o ponta Tato. Solidário com o ex-companheiro de clube, decidiu repetir sua lição. Defendendo a Inter de Limeira ou o Palmeiras, os sentimentos que despertava na torcida eram os mesmos: raiva e sofrimento. Se o peso da fila esmagou a delicada personalidade de Mauro Chorão, seu oposto talvez fosse o melhor antídoto. Um ponta-esquerda obscuro, sem grandes badalações da imprensa ou recursos técnicos. Mas com colhões de sobra. Ditinho Souza. ("Souza" porque o time já contava com um Ditinho, na lateral-direita.) Baixinho, cabeludo e limitadíssimo, tentava compensar o parco futebol com muita correria. Todos sabíamos que era grosso e não nutríamos nenhuma ilusão a respeito de seu potencial. Admirávamos contudo sua extrema disposição. Errava o drible fácil, mas dava um carrinho para recuperar a bola. Ainda que seus cruzamentos tivessem invariavelmente a direção da linha de fundo, esgoelava-se para chegar na bola antes do lateral adversário. Ditinho Souza tinha garra. Já era alguma coisa. Nossa simpatia foi, em grande parte, construída também pela comparação do ponta com seus companheiros de ataque. Os mais risíveis centroavantes de todos os 16 anos de fila. (E olhe que por estas páginas já passaram Hélio, Reinaldo Xavier, Reinaldo Minas e Guina.) Em vez de apostar todas as suas fichas num único jogador, a diretoria tomou a — na teoria, ao menos — acertada decisão de trazer dois goleadores. Um dos dois emplacaria. O artilheiro do campeonato paulista e o artilheiro do campeonato gaúcho. Rodinaldo e Bizu.

Creio não haver melhor modo de descrever o desempenho da dupla do que consultando as fichas técnicas do Campeonato Brasileiro de 1987 (torneio que ficou conhecido como Copa União e marcou o surgimento do Clube dos Treze). Em determinado jogo, confira a escalação do ataque: Tato, Bizu (Rodinaldo) e Ditinho Souza. Ou seja, Bizu entrou jogando, não fez nada e foi substituído por Rodinaldo. Há também o inverso. Tato, Rodinaldo (Bizu) e Ditinho Souza. A mesma coisa. Para uma completa compreensão do quadro, é necessário — ainda nas tais fichas — checar a autoria dos gols alviverdes (quando ocorriam, é claro). Edu, Caçapa, Lino. Até Tato marcou. Sei que este parágrafo ganharia muito em graça e folclore caso os dois não tivessem efetivamente feito gol algum. Mas, numa partida contra o Santa Cruz em Recife, Bizu desencantou. Marcou os dois gols da vitória. Acompanhei o jogo pelo rádio, mas tenho a certeza de que foram acidentais. Mesmo porque ficou nisso. Rodinaldo, que eu me lembre, passou em branco. Deve ter feito gols em um treino ou outro, mas não fiquei sabendo. O curioso é que, mesmo apresentando um desempenho claramente superior ao do companheiro, quem entrou para a história foi Bizu. Sempre que queremos dar algumas risadas relembrando jogadores horríveis daqueles anos de martírio (lógico que na época não víamos a mínima graça), o primeiro nome a ser citado é invariavelmente o do centroavante. Não porque fosse o pior de todos. Era um dos piores, é verdade. Mas some-se a seu parco futebol um nome cômico, uma campanha sofrível e um inacreditável bigodinho à la Clark Gable e não há como questionar sua eleição. Se Denys é o emblema de todas as nossas lágrimas, Bizu sintetiza todas as piadas.

9.

O torcedor uniformizado era meu modelo aspiracional. Não por conta das brigas entre facções ou outras barbaridades quaisquer. Mesmo quando não estampam as páginas policiais, sou bem pouco simpático às uniformizadas. À época, contudo, ainda era bastante equivocado sobre certas coisas. Enquanto buscava distrair-me passando os olhos pela arquibancada, esperando o início dos jogos, admirava-os como se constituíssem uma espécie de ala *vip* dos torcedores. Com lugares muito mais garantidos do que qualquer um das cadeiras numeradas, comandavam os hinos, aplausos e vaias. Aparentavam ser os donos do estádio e demonstravam, pela atitude firme e tranqüila, estar perfeitamente cientes disso. Somos os palmeirenses de verdade, pareciam nos dizer.

Não sou *Ph.D.* no assunto. Nunca conheci seus membros ou regras para fazer aqui revelações bombásticas. Nem mesmo para narrar algum simples fato curioso. São meras impressões de quem assistia de longe. As duas maiores torcidas eram — ainda são — a TUP e a Mancha Verde. Posicionavam-se sempre na zona central das arquibancadas, separadas por uma faixa neutra ocupada por torcedores à paisana. Havia também muitas outras torcidas de menor porte. Na ânsia por diferenciação, algumas com identidades bastante peculiares (para não dizer outra coisa). As bandeiras da Visual Verde, por exemplo, fundiam toda a temática surfe com o Verdão. Periquito dropando uma onda. Símbolo do time fazendo as vezes de sol num alvorecer de aerógrafo. Já a Ira Verde concentrava toda estratégia de *branding* no ousado modelo camuflado de suas camisetas.

Por que não fundamos a nossa torcida uniformizada? Alguém algum dia perguntou. Afinal, éramos torcedores fiéis. Acompanhávamos o time em todos os jogos. Também merecíamos ser admirados como especiais. Uma coisa é falar, despretensiosamente, alguma bobagem como "Por que não fundamos a nossa torcida?". Até aí nada de mais, todos falamos mais de uma dessas por dia. "Por que não montamos uma banda de rock?", "Por que não abrimos uma pousada em Itacaré?". Não que a tal pousada em Itacaré seja um objetivo de vida. (No meu caso, aliás, longe disso.) Nem uma sacada genial. No fundo, nem sabemos muito bem do que estamos falando e rapidamente deixamos para lá. Com quinze anos, contudo, temos todos a forte tendência de não saber diferenciar as grandes bobagens das grandes idéias. Vamos fundar a nossa própria torcida organizada, é claro! Como não pensamos nisso antes? Sem o arrojo temático da Visual ou da Ira, optamos por uma solução conservadora. Garra Verde. O símbolo, um periquito com os punhos cerrados, desenhado pelo Cavallini, um amigo do Santa Cruz pouco afeito a futebol. (O porco havia sido "assumido" pela torcida dois anos antes, em 1986 – dias do clássico refrão "E dá-lhe porco" —, mas sua sobreposição ao periquito só aconteceu gradualmente, durante os anos seguintes.) Os sócios fundadores eram cinco. Eu, o Nando, o Zé e mais dois amigos do colégio. Durante seus poucos meses de existência, o quadro societário manteve-se inalterado. Em outras palavras, realizamos a proeza de não conseguir arregimentar um único sócio.

As providências para a estréia da Garra ocuparam boa parte daquelas férias de verão. Duas bandeiras. Uma faixa. Cinco camisetas. E cinco carteirinhas. Sabíamos que a função prática da carteirinha era nula. Mas ela ajudava — no jargão dos gurus de *marketing* — a agregar valor. Não à marca Garra Verde. A nós mesmos. Pelo menos era o que imaginávamos quando a exibíamos orgulhosos. Isso explica o porquê de, ainda que inútil, ter sido o primeiro item a ficar pronto. Num raro dia de sorte, venci o sorteio e me tornei o sócio nº 001. Nossas bandeiras não poderiam fazer feio diante das coirmãs, o que nos assustou consideravelmente quando tal necessidade foi convertida em unidades de medida. Pelo menos três por três metros cada. Para a faixa, sete metros de comprimento no mínimo. Paciência. Afinal, nossas projeções para a Garra eram das mais ambiciosas. Melhor fazer direito. Como nenhum de nós tinha intimidade com o assunto, seguimos o caminho que nos pareceu mais óbvio. Pegamos um ônibus rumo às Casas Pernambucanas da Teodoro Sampaio. Decididos a comprar metros e metros do tecido verde mais barato que encontrássemos. "Cetim", o vendedor informou enquanto nos deixava examinar uma amostra. Meio brilhante demais. Não acho que as outras torcidas tenham bandeiras de cetim. Nada mais rústico? "Não, isso é o mais barato que temos." Nenhum de nós externou a preocupação de que a Garra fosse vista como a primeira torcida *gay* do Brasil. Mas posso afirmar com toda a convicção que, frente a frente com aquela amostra, foi um temor unânime. Você tem certeza de que não existe nada mais barato? "Não, eu já disse." Ninguém queria ser o responsável pela decisão. Caso o cetim fosse um grande erro, pelo menos seria possível se isentar da culpa. É, também achei meio de viado, mas não fui eu que escolhi. O vendedor começou a ficar impaciente, e enfim capitulamos. Ok, vamos levar. Quinze metros. Quem sabe todas as torcidas não usam cetim também e nós nunca percebemos? E embarcamos, felizes, de volta a Higienópolis, equilibrando nossos grandes e reluzentes pacotes verdes. Ao chegar, afastamos a mesa de centro da sala do Nando para estender nosso patrimônio. Imediatamente nos demos conta de um novo problema. Nenhum cano de PVC vai segurar uma bandeirona dessas. Precisamos de bambus. Recém-chegado à discussão, Zé pareceu nos salvar. "Eu sei onde tem bambu." Respiramos aliviados. Ótimo, vamos lá comprar. "Ninguém compra bambu. Eu sei onde podemos roubar uns bambus." Você está louco? Quer roubar bambus? Nossa reação automática de indignação mal pôde disfarçar o quanto a iminência da aventura nos seduzia. Ensaiamos mais uns dois protestos pró-forma e rapidamente saímos em busca dos mastros de nossas bandeiras. Em menos de uma hora, estávamos de volta, empolgadíssimos com o sucesso da missão.

Cetim e bambus a postos, hora do arremate. Pintar "Garra Verde" no maior tamanho possível a fim de garantir nosso *stand out* no estádio. Como as Casas Pernambucanas abocanharam boa parte do capital de investimento da empreitada, decidimos executar nós mesmos a tarefa. Não deve ser difícil, são só letras. Quem aqui não sabe desenhar um "G"? Todas as outras torcidas também devem pintar suas próprias bandeiras. Quando alguém se mostrou *expert* na técnica de primeiro desenhar o caractere com fita crepe em seus limites, garantindo assim a precisão das linhas, para depois passar o pincel, me convenci. Moleza, mãos à obra. Passadas algumas horas o resultado da faixa e da primeira bandeira pareceu aceitável, ainda que desenhado sob um rígido *grid* de ângulos retos. Preenchido o último "E", eu observava intrigado, ainda que aparentemente satisfeito. Aquilo estava um pouco mais feio do que as outras faixas e bandeiras que via nos estádios. Não sabia muito bem o porquê. Bobagem, deve ser só impressão. Guarde seu desconforto, o pior ainda está por vir. Para a segunda e última bandeira, talvez entediados com os movimentos repetitivos, decidimos inovar. A maior aberração gráfica que já criei na vida trazia a palavra "Garra" em caixa-alta, descendo numa escadinha diagonal da esquerda para a direita. A haste superior da letra "G", não satisfeita em ser apenas uma haste, decidiu também ser uma seta. Uma grande seta. O último "A", enciumado, decidiu também ter a sua. Quando terminamos, sorrisos amarelos e alguns "até que ficou legal" nada convincentes não deixavam dúvidas. Havíamos criado a bandeira mais feia do mundo. Perto daquilo o periquito surfando da Visual Verde era uma tela de Vermeer. Talvez fosse necessário omitir este parágrafo, dado que — guardadas as devidas proporções — ele se aproxima em muito do que faço para ganhar a vida. O fato é que, se houve um momento no qual minha vocação profissional se manifestou, ele ocorreu anos depois daquela tarde.

Tudo pronto, hora da estréia. Palmeiras x Juventus. Pacaembu, sábado à tarde. Já na entrada os policiais atestam nosso novo status, mandando-nos para uma revista em separado dos demais. Verificar nossos bolsos já não era suficiente. Conduzidos a uma área lateral, era necessário que mostrássemos todas as faixas e bandeiras. Um dobra/desdobra bastante trabalhoso, mas largamente compensado pela fantasia de que todos os torcedores "comuns" que passavam nos admiravam e respeitavam. Já dentro do estádio, achamos um espaço vago para a faixa na altura da bandeirinha de escanteio, entre a Visual e a Máfia Verde (periquito vestido de *Godfather* fumando um charuto). Não foi muito difícil, o estádio estava bem vazio. A fase do Verdão não era das melhores e o time da Mooca nunca foi sinônimo de torcida numerosa. Subimos até a metade dos degraus, nos instalamos. E então as bandeiras de cetim da Garra Verde se levantaram, triunfantes, anunciando nossa chegada. (Tudo bem que a reação suscitada deve ter se dividido entre "Por que não ensinam esses moleques a bandeirar (sim, "bandeirar" era um verbo) direito?" e "O que diabos significam essas malditas setas?"). Uma goleada teria sido a merecida coroação para nosso *début*. Mas o jogo se aproximava do final e nada. 0 x 0. Somos uma uniformizada, não podemos assistir impassíveis a esse vexame. Vamos tirar nossa faixa em sinal de protesto! Rapidamente descemos até a grade e começamos a desatar os laços. Menos de um minuto após o último laço ter sido desfeito e nosso protesto consumado, Ditinho Souza faz 1 x 0. Não há tempo para comemorar! Vamos colocar a faixa de volta! Lá vão os cinco num tremendo corre-corre para amarrar tudo de novo. No exato instante em que a Garra Verde demonstrava ter voltado a apoiar o time recolocando sua faixa, o Juventus empata. Mais uma vez, colocamos nosso vigor juvenil à prova. Vai! Vai! Tira a faixa! Tira a faixa! A história poderia ter parado por aí, não? Já era patética o suficiente. Mas ainda tinha mais. Nem bem havíamos retirado novamente a maldita faixa, Lino faz 2 x 1 Palmeiras. Extenuados, não esboçamos nenhuma intenção de recolocá-la. Mesmo com 45 do segundo tempo, vai que o Juventus faz o segundo.

O forte indicativo de que não éramos a mais pé-quente das torcidas não nos desanimou. A meta agora era o primeiro clássico. No mesmo Pacaembu, contra o São Paulo. Sempre que o Palmeiras entrava em campo, a TUP e a Mancha espalhavam um pó branco sobre a arquibancada. Queríamos fazer o mesmo, mas não tínhamos a menor idéia do que era o tal pó. Fomos então ao Pão de Açúcar e gastamos todo nosso dinheiro em sacos de farinha de trigo. Mais uma vez, esgotados os recursos, vimo-nos obrigados a uma medida extrema para levar também rolos de papel higiênico. Roubamos todo o estoque do Santa Cruz. Primário, ginásio e colegial. Sala dos professores e almoxarifado. Azar de quem exagerou no almoço daquele dia. (Nossa ação foi descoberta pela direção, mas, curiosamente, punida apenas com uma leve advertência verbal.) Acomodados em nosso lugar (sim, àquela altura já podíamos chamar o canto do escanteio de "nosso"), distribuíamos a todos os torcedores na mesma longitude o material trazido, com instruções claras para que este fosse utlizado quando o Verdão entrasse em campo. Funcionou. Assim que a primeira silhueta vestindo verde saiu da boca do túnel, fomos soterrados por uma avalanche de farinha de trigo e papel higiênico. Os mais de trinta mil pagantes assistiam boquiabertos — pelo menos na minha imaginação — à festa da nova torcida. No dia seguinte, no Santa Cruz, são-paulinos que haviam comparecido ao estádio comentavam surpresos nossa presença maciça. Era a glória. O auge da Garra Verde. (Mesmo que o São Paulo tenha vencido por 3 x 1.)

Adeptos da não-violência, evitávamos qualquer espécie de confusão na entrada ou saída. Mesmo porque nossas chances de vitória em combate eram mínimas. O Nando media pouco mais de um metro e meio, o Zé ostentava uma considerável pança e meu cruzado de esquerda mal derrubaria um canário. Um clássico contra o Corinthians, portanto, talvez não fosse o dia mais recomendado para faixas e bandeiras. O mando de jogo era do adversário, fato que reservava à torcida alviverde o tobogã do Pacaembu. Para nós, implicava também tangenciar parte do território inimigo a fim de alcançar o portão de entrada. Melhor não arriscar e deixar tudo em casa. Realistas sim, covardes jamais, vestimos nossos uniformes. (Não, nada de setas. Aprendemos a lição e passamos a execução das camisetas a profissionais do ramo.) Blusões de moletom garantiam o anonimato na arriscada travessia. Tudo para assistir a um modorrento 0 x 0 cujo único lance memorável foi, durante o intervalo, a emissão de uma das mais clássicas frases do Morelli (Garra Verde — Sócio nº 003). "Depois da vitória, o melhor resultado é o empate", proferiu com ar grave. Sim, depois da vitória o melhor resultado é o empate; nossas risadinhas pareciam confirmar. Sempre foi assim. Existem três resultados possíveis: vitória, empate ou derrota. Se não der para ganhar, é melhor não perder. Ainda que distante anos-luz de qualquer postulado minimamente engenhoso, não era mentira. Não havia o que questionar nem como discordar. Diante do nosso silêncio, Morelli apenas sorriu, satisfeito com o impacto de seu brilhante *insight*.

Na hora da saída, recoloquei meu moletom azul e pensei não haver risco algum em voltar direto para a casa. Assim que chegamos à altura da praça Charles Miller, despedi-me discretamente dos outros e apertei o passo tentando não demonstrar nenhum nervosismo. Pela escadaria, rumo à massa corintiana que também deixava o estádio. Quando alcancei o outro lado da praça, bastando atravessar a avenida Pacaembu para seguir são e salvo, mal tive tempo de esboçar qualquer suspiro de alívio. Talvez o moletom não tenha escondido direito a camisa da Garra. Talvez eu apenas tivesse cara de palmeirense. Tanto faz. O fato é que minhas costas foram o alvo certeiro de uma potente voadora. Quando dei por mim, estava caído no chão cercado por seis ou sete Gaviões da Fiel. Não implorei por clemência. Não gritei de dor nem imaginei estar perdido. Em completo silêncio, dobrei os braços ao redor da cabeça e comecei a tomar chutes na barriga e nas pernas. Após quatro ou cinco golpes, ouvi um grito. "Pára! É só um moleque! Tira a camisa dele e deixa ele ir." Abri um pouco os braços e, pela fresta, pude identificar meu salvador. Aparentava trinta anos de idade e de Corinthians. Faltava-lhe o dente da frente e na altura do coração trazia tatuado o símbolo do time. Sem a menor cerimônia, ele dispersou o círculo de agressores e me levantou. Arrancada a camiseta, empurrou-me para longe da aglomeração, ordenando-me que saísse dali o mais rápido possível. Atordoado, cumpri as ordens e disparei pelas sinuosas ladeiras que levavam à minha casa. Com quase a metade do caminho percorrido, fui tomado de súbito pela consciência do que acabara de acontecer. Completamente apavorado, acelerei ainda mais. Quando o porteiro me ouviu tocar a campainha, eu havia suado toda a água de meu corpo. Ainda que completamente esgarçado, salvara o moletom e instintivamente usei suas mangas para me enxugar. Temia uma longa temporada longe dos estádios caso minha mãe desconfiasse do ocorrido. Algumas partes doíam, mas não havia sinal de hematomas. Mestre do disfarce, entrei em casa como se nada tivesse acontecido e soltei um rápido "Oi, cheguei". Uma vez trancado no quarto, meti a cabeça no travesseiro e encharquei-o de lágrimas.

Tive sorte, você está pensando agora. Concordo. Quantos moleques já não morreram de forma estúpida (vamos fingir que existe algum tipo de morte que não seja estúpida) apenas pelo azar de cruzarem com torcedores adversários? Eu escapara sem uma marquinha sequer. Nem uma gota de sangue derramada. Agradeça aos céus por ter escapado. Sim, sim, eu sei. No dia seguinte acordei, saí do quarto, tomei banho, fui à aula. Intacto. Intacto por fora. Não morri. Não precisei ir ao hospital. Nem da aplicação de um corriqueiro mercurocromo. Mas apanhei do mesmo jeito. Fiquei caído na calçada tomando chutes sem nenhum motivo (novamente, vamos fingir que existe algum tipo de motivo para tomar chutes). É um grande engano achar que, não havendo dano explícito, basta uma boa noite de sono e tudo volta ao normal.

Há algum tempo, durante o começo de um namoro no sofá da casa dela — fase em que se passa todo o domingo numa troca de autobiografias orais —, revelei algumas de minhas grandes derrotas e mais sombrios fantasmas. Ao condensá-los todos numa curta narrativa de quinze minutos, não pude esconder a inevitável fragilidade ou uma lágrima aqui outra ali. Como naquele Palmeiras x Corinthians, ninguém morria na história. Não dava para levantar a blusa e exibir uma coleção de cicatrizes e hematomas. Não que inexistissem. Apenas não eram visíveis. Minha interlocutora ouviu tudo impassível. Ao final, levantou-se para pegar um copo d'água. "Ah, mas isso acontece com todo mundo. Nada de mais. Pensei que você tinha alguma ex-namorada tetraplégica ou algo do gênero." Não, nunca tive uma namorada tetraplégica. Como se enredos de ficção fossem a única senha possível para despertar compaixão ou conseguir dividir — e aliviar — o sofrimento. Vivemos rodeados de bobagens. De *Big Brother* a *Sex and the City*, de *Matrix* a *Diários de motocicleta*. Não importa a roupagem. Popular, *cool* ou engajado, é tudo bobagem. Incorporamos — de acordo com nossa pretensa sofisticação — roteiros como os verdadeiros tradutores da vida real. Aquelas quatro mulheres de Manhattan e o jovem Ernesto Guevara sabem viver a vida. Eu não. E passamos a nos comportar como ávidos espectadores, mesmo longe de uma tela de cinema ou tevê. Por favor, traga-nos um roteiro emocionante. Paisagens estonteantes, diálogos espirituosos e grandes sagas. Nada de cotidiano. Nada de silêncio ou movimentos contidos. O termômetro que mede a dimensão daquilo que vivemos não é estatístico. Não somos avaliados pelo Ibope ou agraciados com estrelinhas no Guia da *Folha*. Um terrível acidente de carro com o qual podemos comover as mais variadas platéias talvez não nos tenha marcado tanto quanto uma frase qualquer ouvida ao telefone. A vida é acordar de manhã e ir tomar café na esquina. A minha e a sua. A das mulheres da *Big Apple* e a dos jovens médicos argentinos também.

Meu corpo chegou em casa intacto naquele domingo. Mas sei que teria doído menos se ostentasse o nariz quebrado.

10.

Em janeiro de 1989,

"1989? Você pulou de 1987 para 1989? Quero saber do Palmeiras e você só vai falar de sua obscura torcida uniformizada em 1988?"

E o leitor em busca de abundância de dados continua a se descabelar. Calma, sei bem o que estou fazendo. Não quero soar repetitivo e a campanha do ano anterior em nada diferiu de outras já narradas aqui. O time era medíocre, caiu fácil na semifinal do Paulistão... O de sempre. Controle o mau humor, recomponha-se e deixe-me retomar.

Em janeiro de 1989, eu e o Nando passamos uma semana de férias em Santos. Os pais dele haviam comprado um apartamento num folclórico prédio na praia de José Menino, o Universo Palace. Três alas revestidas de pastilhas vermelhas e brancas unidas por um único elevador central. Mais de 20 andares, mais de 10 apartamentos por andar. Dois estabelecimentos comerciais compartilhavam sua entrada. De um lado, uma pizzaria-boliche. Do outro, The Pink Panther, uma boate de *strip-tease*. O que mais dois garotos de dezessete anos podem querer da vida? Ao final da tal semana, contudo, o saldo ficou bem abaixo do esperado. Sem grana para assistir a shows mais interessantes, passávamos a noite bebendo no boliche, já que o tio Tadeu havia deixado uma conta aberta no local. Uma loirinha de Franca chamada Nadir também não rendera frutos devido à marcação cerrada do pai. De nada adiantou a serenata feita na varanda da área de serviço. O único *feedback* obtido pelas belas canções veio do vizinho de cima, que arremessou uma caixa de sapatos em nossa direção enquanto soltava alguns impropérios sobre o fato de já passar das duas da manhã.

Um dia antes da volta a São Paulo, deixamos de lado boliche, Pink Panther e Nadir. Verdão na tevê. Um amistoso contra o Flamengo, no Pacaembu, estreando o novo time. Animadíssimos. Não era para menos. Um recorde de contratações de peso. Neto, temperamental meia do Guarani. Careca, meia atacante também do Guarani. (Para os desavisados, esse Careca não é o mesmo que à época já deixara o São Paulo para formar dupla com Maradona no Napoli. O "novo" Careca ficou posteriormente conhecido como Careca Bianchesi, e seu grande mérito foi ter sido trocado por Evair alguns anos depois.) O experiente uruguaio Dario Pereyra na zaga. Édson (Abobrão) na lateral-direita. Comandando o time, o ex-goleiro Leão. Finalmente um técnico palmeirense, pensávamos. No entanto, o nome do jogo surgiu de onde menos se esperava. Zetti e Ivan, os dois goleiros titulares, estavam seriamente contundidos. Um desconhecido jovem de dezoito anos vestia a camisa 1. Mesmo com a derrota por 2 x 1 não houve quem não saísse assombrado com a atuação de Velloso. Como se não bastassem todos aqueles craques, o melhor goleiro do Brasil também era nosso. (Velloso manteve-se no posto até ser convocado para a seleção pela primeira vez, em 1990, para a disputa de um amistoso contra a Espanha. Uma má atuação na partida, com três gols sofridos, parece ter deixado marcas profundas em seu futebol. Mesmo com a sólida carreira erigida nos anos seguintes, nunca mais foi um fora de série.)

O começo do ano também acenava mais sorridente para mim. Crescera alguns bons centímetros, dando adeus às formas roliças de outrora. Três anos de aparelho fixo corrigiram meus dentes de vampiro. Ainda que distante de um ícone *fashion*, os braceletes de tachinha mofavam na gaveta. É verdade que — quando sóbrio — o produto continuava o mesmo. Mas pelo menos a embalagem sofrera um bem executado projeto de *redesign*. Entrávamos todos bastante confiantes em 1989.

E parecia que dessa vez estávamos certos. A campanha do Palmeiras na primeira fase foi irrepreensível. Nenhuma derrota. Taça dos Invictos. Líder absoluto. Ao contrário do que se esperava, Neto não se firmara como o grande craque da equipe. Não que estivesse jogando mal, mas o amadurecimento de Edu ofuscava qualquer possível concorrente. Na época, não era chamado pelo nome com o qual entrou para os anais do futebol, Edu Manga. O complemento foi acrescentado anos depois, para diferenciá-lo de outro Edu, o Marangon (o "boy da Mooca"). Só Edu. E já era muito. Com personalidade e técnica, o meia comandava o time. Os treze anos sem títulos estavam chegando ao fim. Supor o contrário parecia um delírio.

Numa noite de terça-feira das mais despretensiosas, Natalia — que cursava o primeiro colegial enquanto eu estava no terceiro — chega em casa toda empolgada. Encarregada de transmitir ao irmão a mensagem de que uma das garotas mais bonitas e populares do Santa Cruz está interessadíssima nele. Em mim? Você tem certeza? Aquela menina? Não está me confundindo com outra pessoa? Minha irmã teve que repetir algumas vezes, literalmente, as instruções recebidas da amiga da amiga da amiga. Mesmo já tendo recebido algumas pistas sobre a boa receptividade de meu novo *layout*, era difícil de acreditar. Mas Natalia apresentou um testemunho extremamente convincente. Para ser sincero, a garota nunca me chamara a atenção até aquele momento. Não importava. O simples fato de ela demonstrar interesse por mim já era mais do que suficiente para que eu dormisse completamente apaixonado e recheasse meus sonhos com tudo o que acreditava haver de romântico. Em pouco mais de uma semana, eu já cruzava o pátio de mãos dadas e peito inflado.

Quando o mês de maio apareceu para seu turno anual de trabalho, assustou-se com o que viu. Um cenário consideravelmente diferente daquele existente quando assinara o horário de saída no livro de ponto do ano anterior. Palmeiras imbatível. Gustavo imbatível. Observava incrédulo nos reunirmos no início das tardes de domingo, próximos ao Pacaembu (onde, devido a uma reforma no Parque Antártica, o Palmeiras mandou a grande maioria de seus jogos). Não, nada dos cinco de sempre. Agora éramos mais de dez. O lado esquerdo do balcão do Lindaia (por algum inexplicável motivo, nos referíamos ao bar como "Lindaiá", acento agudo no último "a") era nosso. Todos os bancos, além de uma ou duas mesas. Por duas horas, consumíamos a quantidade de cerveja que acreditávamos ser a ideal. Tá, vou deixar de lado as firulas. Por duas horas, enchíamos a cara. Não satisfeito, um dos novos companheiros aproveitava para almoçar um bife a cavalo. Dizia ser delicioso, adjetivo que criava um considerável paradoxo em nossas mentes quando o prato era servido. Os pareceres duvidosos de Lau não se limitavam à gastronomia. Considerava Buião um bom jogador, por exemplo. Atacante que ocupava a ponta-direita, foi autor de um dos mais bizarros lances que já vi num estádio de futebol. Durante uma partida no Morumbi, recebeu um lançamento de longa distância. Em vez de disparar rumo à linha de fundo para que seu encontro com a bola se desse da forma correta, fixou seu olhar na trajetória da dita e começou a correr de costas. Esta, quando se aproximou de Buião, quicou e ensaiou por conta própria dar um chapéu sobre o jogador. Aturdido, o ponta tentou desajeitadamente se virar para acabar com a alegria daquela bola atrevida, mas uma perna se enroscou na outra e ele tropeçou sozinho. Caído no chão, tudo o que pôde fazer foi observá-la seguir, lenta e triunfante, para fora. (Anos depois, durante um rachão na faculdade, um amigo cometeu lance semelhante, que lhe rendeu o irônico apelido de "Pelé Branco".)

Mesmo com a Garra Verde devidamente aposentada, era comum carregarmos as bandeiras ao estádio para comemorar as inevitáveis vitórias. E elas vinham, uma após a outra, sem nenhuma dificuldade. Finda a primeira fase, o time disputaria um triangular, turno e returno, contra Bragantino e Novorizontino. O primeiro colocado estava na final. Ainda que o time de Bragança, dirigido pelo então desconhecido Vanderlei Luxemburgo, viesse de boa campanha, nossa confiança seguia inabalável. Após os dois primeiros jogos. 0 x 0 em Novo Horizonte e 2 x 0 sobre o Bragantino no Pacaembu só fez aumentar, na verdade. Os resultados nos deixavam em uma situação para lá de confortável. Um empatezinho no jogo de volta em Bragança bastava. Foi sem maiores preocupações, portanto, que liguei a tevê naquele sábado. Pronto para acompanhar mais um vareio de bola. De fato foi ao que assisti. Só que dessa vez com papéis invertidos. O time do interior, que mal acabara de subir para a primeira divisão, enfiou uma inacreditável goleada. 3 x 0. Boquiaberto, não pude compreender o que acontecia. Estávamos invictos. Campeões por antecipação. Tudo parecia acertado. Infelizmente — parafraseando Garrincha — alguém se esqueceu de avisar o Bragantino do combinado. Ano após ano aprontavam-nos a mesma infeliz pegadinha. Ano após ano caíamos feito patinhos.

Restavam ainda chances remotas de classificação. Mas, quando nosso solitário apoio é uma conta matemática, todos sabemos não haver nenhuma base racional para a esperança. Apenas preferimos fingir o contrário e continuar a nutri-la. Nem que seja só para aliviar o abrupto processo de transição paraíso-inferno. Um tropeço da equipe de Bragança contra o frágil Novorizontino era algo extremamente improvável. Quarta à noite lá estávamos todos nós, grudados na Bandeirantes, considerando o resultado perfeitamente factível. Fácil até. A emissora, a fim de incrementar a transmissão, levara Neto e Velloso para os estúdios. Conforme o jogo ia se desenrolando — e o Bragantino vencendo —, a expressão preocupada dos atletas se assemelhava a pequenos espelhos aplicados nos dois cantos inferiores da tela. Não ia dar em nada, o olhar de ambos nos dizia. O nosso concordava. Careço de dados estatísticos, mas elaborei a teoria de que todo torcedor acredita que seu time pode virar um placar até mais ou menos os 37 do segundo tempo. É simples. Se fizer um gol dali a 1 minuto, ainda restam folgados 8 ou 9 para se anotar mais um partindo para o abafa. A partir dos 38, contudo, o desânimo se assenhora até dos mais otimistas. (Você pode até questionar meu embasamento teórico, mas funciona mais ou menos como a idade. Até os 27 anos nos consideramos os mais tenros *teens*. A partir dos 28 caímos na real.)[2] Logo, quando o 37º minuto se completou, abandonei qualquer esperança de uma virada novorizontina e acendi um cigarro. Do outro lado do monitor, Neto também. Sim, isso mesmo. Sem nenhuma preocupação, a não ser a iminente eliminação. Não pense que um jogador fumando em cadeia nacional era algo corriqueiro, mas a verdade é que a atitude do meia — um atleta deveria se comportar como um exemplo, afinal — não causou nenhuma revolta nos órgãos de saúde pública. E há quinze anos todos já possuíam a consciência dos males trazidos pela nicotina. Não deixa de ser curioso.

2 *Caso queira conhecer a teoria completa: até os 3 minutos do segundo tempo um torcedor acredita ser possível virar uma diferença de três. De dois gols, até os 16. A já citada virada "simples" até os 37. Por último, a fé num golzinho de empate dura até o segundo exato no qual o juiz pega a bola com as mãos.*

Sem a intenção de instaurar um fórum sobre a questão tabagística, o fato é que junho, talvez irritado com a passividade de maio diante de nossa desenvoltura, decidiu colocar ordem na casa. Quando já começava a me acostumar com a autoconfiança, minha namorada percebeu que o produto real estava bem aquém das promessas que lera na embalagem. Num fim de semana no sítio dos pais dela, fui informado da demissão. Semanas depois um amigo comum me disse que toda a família da moça se referia a mim apenas pela pouco simpática alcunha de "copeiro". Durante o curto namoro, ao término de algum almoço ou jantar, ajudava a retirar os pratos e talheres da mesa. Acreditava com isso aumentar meus índices de popularidade. Moço educado, deviam pensar. Que nada. Desde então, esteja onde estiver, satisfaço-me após a sobremesa em simplesmente me esticar na cadeira e perguntar se tem café. "Que todos o saibam: de todas as feridas causadas pela língua e pelo olhar, a zombaria e o desdém são as incuráveis." Balzac concorda comigo[3]. Humilhações à parte, junho voltou para seu descanso de onze meses satisfeito. Colocara fim a toda aquela bagunça. Tanto eu quanto o Palmeiras estávamos novamente em nossos devidos lugares.

Você talvez também esteja reclamando de que não falo sobre quase nenhum Campeonato Brasileiro.

---

3 *Não falei que iria rechear este livro com autores eruditos?*

Ora, meu amigo, se o Palmeiras mal conseguia se manter de pé nos torneios estaduais e o futebol carioca ainda era bastante forte nos anos 80, você realmente acha que havia a possibilidade de algo notável? Este ano de 1989 foi a única exceção. Não que o timaço do primeiro semestre, superado o trauma de Bragança, ressurgira sedento por vingança, triturando os adversários. Nada disso. Já não havia Edu nem Caçapa. Neto fora trocado com o Corinthians por Ribamar (em uma das mais desastrosas transações da história alviverde). Para compensar as baixas, nomes duvidosíssimos. Buião, Eraldo, Abelardo, Bandeira... De positivo mesmo, só a volta de Mirandinha.

Típico espécime do meia quase-bom, Bandeira nunca contou com a simpatia da torcida. Os meias quase-bons formam um dos grupos mais desafortunados do futebol. É melhor ser ruim do que quase-bom. Quem é ruim, é ruim. O torcedor sabe que é ruim. O técnico e a diretoria também. O próprio, inclusive, tem a noção de seus parcos recursos. Tenta compensá-los com raça, marcação eficiente ou bom posicionamento. Muitas vezes está de bom tamanho. Ninguém espera dele um lance mirabolante. Diversos jogadores ruins até alcançaram o status de ídolo em seus clubes. O quase-bom não. De cada trinta tentativas de realizar jogadas habilidosas, acerta uma. O baixo índice de aproveitamento, contudo, não o estimula a investir em virtudes feijão-com-arroz. Pelo contrário. Apega-se aos raros lampejos e acha que é craque. Tenta, durante os noventa minutos (na verdade, durante aproximadamente setenta, pois é invariavelmente substituído por um treinador visivelmente irritado), repetir aquele passe de calcanhar ou lançamento de trinta metros. Ora, já deu certo uma vez... Triste sina, a do meia quase-bom: se o time não está vencendo, toda a raiva da torcida é canalizada para aquele infeliz que acaba de perder a bola pela enésima vez após tentar um drible de efeito.

Desanimado com a quase habilidade de Bandeira, Leão preferia não se irritar. Já escalava a equipe com opções mais pé no chão. Ditinho Souza entrou jogando, por exemplo, num Palmeiras x Grêmio pela fase de classificação. Belo, mais uma vez com poucas opções para uma quarta à noite, nos acompanhou ao Morumbi. Instalados em confortáveis cadeiras cativas pertencentes a outro amigo são-paulino, acompanhamos um primeiro tempo dos mais entediantes. 0 x 0. Acontece. Não é sempre que seu time joga bem (muito pelo contrário, no nosso caso), e, por mais que tecnicamente a partida esteja um desastre, você acaba relevando. Deixa o estádio feliz em caso de vitória, mesmo que o gol tenha saído por acidente. Belo, por outro lado, não possuía nenhum vínculo afetivo com aquele jogo. Queria só bater papo com os amigos enquanto assistia a um espetáculo no mínimo razoável. Ainda durante o primeiro tempo, cansou daquele futebol sofrível e, enquanto acompanhávamos seqüências intermináveis de passes laterais na intermediária, instalou-se no bar. Atentos ao jogo, mal percebemos sua saída. Retornou quando faltavam poucos minutos para o fim da etapa inicial, completamente bêbado. Chega o intervalo e os dois times se dirigem aos vestiários. No meio dos reservas alviverdes que caminham sem pressa alguma, destaca-se a careca reluzente de Bandeira. Nosso embriagado amigo tricolor decide se divertir. Traveste-se no mais fanático palmeirense e começa a berrar. BANDEIRA! BANDEIRA! O até então cabisbaixo jogador demora a acreditar. Não está acostumado a ouvir seu nome vindo das arquibancadas (salvo ocasiões nas quais precede algum palavrão). BANDEIRA! BANDEIRA! "É comigo mesmo." Interrompe a caminhada e levanta a cabeça. BANDEIRA! BANDEIRA! "Estão gritando meu nome. Pedindo que o treinador me coloque em campo." BANDEIRA! BANDEIRA! Confiante com o recém-adquirido carinho da torcida, acena sorrindo em nossa direção e segue, andar firme, rumo ao vestiário. A piada parece completa quando, passados quinze minutos, Bandeira sai do túnel entre os titulares. Belo enlouquece. BANDEIRA! BANDEIRA! E eis que ocorre o impensável. Cheio de moral, o meia entra jogando muito. O time abre o placar logo aos 5 minutos. Aos 28, após um escanteio, Bandeira faz jogada de craque na linha de fundo e chuta para o gol. A bola desvia num zagueiro gremista e entra. Golaço. Dispara na comemoração com rumo certo. O do grupo que tanto o apoiou. Chegando à nossa frente, ajoelha-se e levanta os braços, agradecendo. Enquanto Belo, dando prosseguimento a seu pastelão, retribui demonstrando incontrolável emoção, mal conseguimos esconder nosso constrangimento. Como se quiséssemos contar ao jogador que aquilo tudo era só uma piada. Aquele fã ensandecido apenas um são-paulino bêbado. Bobagem. Ele estava feliz, e nós também. (Ao recordar esse episódio, estranhei o fato de a voz solitária do Belo ter chegado até o campo, dada a existência de uma larga faixa separando a linha lateral da torcida. Chequei então a ficha técnica da partida e compreendi o porquê. Só 2.413 pagantes presenciaram a noite de gala de Bandeira.)

Dois jogos para o fim da primeira fase. Uma única vitória nos levaria à final. Bom, você já sabe o que aconteceu. Vou continuar mesmo assim, ok? O primeiro deles, contra o Botafogo no Maracanã, terminou 1 x 0 para o time da casa. Gol aos 42 do 2º tempo. Restava a segunda e derradeira bala na agulha. Palmeiras x Corinthians, domingo no Morumbi. Azarado contumaz, mesmo dia de minha primeira prova do vestibular. Ainda que talvez este livro esteja lhe dando impressão contrária, volto a dizer que não sou totalmente estúpido. Quando me ajeitei na cadeira de braço e recebi a folha com as questões de múltipla escolha, deixei de lado qualquer preocupação futebolística. Uma vez entregue a prova, contudo, rapidamente a retomei. Meu relógio informava que o jogo, transmitido pela tevê, acabara de começar. Se correr ainda pego o fim do primeiro tempo. Em meia hora gastei todo meu escasso preparo físico para vencer vinte íngremes quarteirões. Com escala em dez porteiros, que respondiam de forma idêntica à minha insistente pergunta. Quanto está o jogo? 0 x 0. Quanto está o jogo? 0 x 0. Não é de todo mau. Chego a tempo de ver o gol da classificação. Empapado de suor, cruzo o disco final e ligo a tevê. A tela se acende no exato instante em que Claudio Adão faz, de calcanhar, o gol da vitória corintiana. Desacorçoado, desabo no chão. Ser meio pé-frio até vai, mas aquilo ali já era demais.

II.

O jogo terminou mesmo 1 x 0 para o Corinthians. Mas 1 x 1 foi o placar final do domingo. Assim como Claudio Adão e seu gol de calcanhar, também dei sorte naquele dia e acabei aprovado no vestibular. Em março de 1990, mesmo com o *sex-appeal* tendendo a zero devido a uma medonha cabeça raspada, estreei animadíssimo na faculdade de arquitetura. Não tanto pelo curso em si, mas principalmente por deixar o Santa Cruz para trás. (Não que a FAU fosse muito diferente, na verdade. Compartilhava com meu ex-colégio a mesma risível pretensão de abrigar sob seu teto um seleto grupo de eleitos.) Com dezoito anos e carteira de motorista no bolso, os últimos resquícios de pontualidade que o Nando possuía desapareceram por completo. Passamos a chegar ao estádio invariavelmente alguns minutos após o apito inicial. Alguns minutos ainda dava para suportar. Mas depois que cruzei o portão do Parque Antártica aos 30 do 2º tempo (isso mesmo, do 2º tempo) numa quinta à noite, percebi a necessidade urgente de encontrar companhia alternativa. Não foi difícil. Dois colegas de FAU, Bellini e Tassinari, faziam jus à origem de seus sobrenomes. Usar óculos, torcer pelo mesmo time e cursar a mesma faculdade não eram os únicos pontos que tinham em comum. Eram ambos completamente hipocondríacos. Os três anos seguintes, portanto, assistiram à irritante repetição da mesma cena. De bermuda e camiseta, aguardava sob um sol escaldante a Brasília do Bellini ou o Gol do Tassi para irmos ao estádio. Assim que o carro surgia no alto da Cardoso de Almeida, percebia que seus dois ocupantes trajavam grossas capas de chuva. Eu apontava para o céu azul. Vocês estão loucos? Sob o capuz, dirigiam-me um olhar sofrido e sacavam cartelas de remédio. Não estamos bem. A gripe não passa, a tosse só piora. Duas horas depois, jogo em andamento, estou de pé na arquibancada cruzando os braços de todas as formas possíveis, na ilusão de encontrar a posição ideal para escapar do temporal que desaba sobre São Paulo. Atrás de mim, secos e confortáveis, os dois infelizes não dão a menor bola para o amigo encharcado. Acompanham atentamente a partida, estampando irritantes risadinhas.

Novos companheiros, mesmo enredo. Na última rodada da fase classificatória do Paulistão, bastava uma vitória simples sobre a Ferroviária para o Palmeiras chegar à final. No primeiro turno, jogando em Araraquara, enfiamos 3 x 0. Ganharíamos mesmo que o técnico escalasse o ataque com Gustavo Piqueira, Marcelo Bellini e Renato Tassinari. Mais uma vez peço desculpas. Sei que isso já está ficando para lá de repetitivo. Infelizmente não posso fazer nada. Foi assim que as coisas aconteceram. O máximo que consigo, se servir de consolo, é lhe dizer que toda a seqüência monocórdica de fracassos retumbantes que o vêm irritando pelas últimas horas foram vividas durante mais de dez longos anos. Garanto que irrita muito mais. Mas, enfim, seguimos ao Pacaembu naquela noite de meio de semana com a certeza da vitória. Não que o time fosse particularmente bom, muito pelo contrário. Um time bastante discreto, para ser sincero. Ficávamos animados principalmente com Serginho Fraldinha, ponta-direita revelado nas categorias de base. Longe de ser um grande craque, acabou por ter uma carreira das mais inexpressivas. Mas um drible desconcertante aqui e outro ali eram suficientes para nosso deleite. Naquela noite não era necessário. Um gol de canela estava ótimo. Evidente que ele não saiu. 0 x 0. Não me recordo de ter ficado tão nervoso com um jogo de futebol. Quando o juiz fez soar o apito final, assim como dezenas de outros torcedores cuja paciência havia muito se esgotara, pendurei-me no alambrado atirando notas de dinheiro na direção dos jogadores que se encaminhavam ao túnel.

Fora mercenários! Lógico que não se tratava disso, estávamos apenas descontrolados. Cada ano sem título parecia aumentar, em progressão geométrica, o peso da camisa verde. A impressão é a de que, se o Palmeiras precisasse vencer um jogo decisivo contra a Associação de Idosos da Lapa ou a equipe de freiras do Convento São Domingos, não conseguiria passar do 0 x 0.

Retrocedamos alguns anos, de volta a 1986. Recordo-me de o Palmeiras ter disputado a Copa Kirin. Um desses torneios internacionais de pequeno porte organizado durante o intervalo da temporada internacional. Quatro times. Seleção da Argélia, seleção do Japão, Werder Bremen da Alemanha e o Verdão. Todos contra todos, os dois melhores na final. Vencemos os três jogos da primeira fase. Contra o time alemão, por exemplo, enfiamos um sonoro 4 x 1. Reencontrando-os na final, perdemos a partida e o título na prorrogação. Durante uma sessão de reclamações, uma namorada me acusou de ser fatalista demais. Ora, com um histórico desses quem não seria?

Para meu grande alívio, ainda que restassem dois anos até o fim do calvário, aquele empate com a Ferroviária foi o último capítulo do ciclo iniciado em 1980. No Paulista de 1991 novamente caímos na semifinal, dessa vez diante do São Paulo. Precisávamos da vitória e mais uma vez o jogo terminou 0 x 0. Mas nenhum torcedor arremessou dinheiro na direção do gramado. O time não tremera. Jogara bem mais do que o adversário, mas a trave não quis cooperar. Ao contrário de um elenco com atores de segunda, jogadores que entrariam para a história do time já estavam em campo. César Sampaio. Evair. Nomes que não são associados com a fila de títulos, mas sim com a "Terceira Academia" que dali a pouco tempo ganharia todos os títulos possíveis.

No ano seguinte, Mazinho e Zinho juntaram-se aos dois. O Palmeiras assinara um estrepitante contrato de co-gestão com a Parmalat. Além do dinheiro e contratações, funcionários da multinacional italiana ajudavam a gerenciar o futebol do clube. Nas padarias, corintianos e são-paulinos diziam boicotar os produtos do adversário, mas poucas vezes uma marca ganhou visibilidade tão instantânea. A fim de eliminar quaisquer dúvidas acerca da profundidade da mudança, até a tradicional camisa verde seria substituída por um modelo listrado em verde e branco. Ainda faltavam, contudo, algumas peças para compor o esquadrão tão sonhado. O time contava, por exemplo, com nomes de qualidade bastante duvidosa, como Maurílio (qualificado pelo então técnico Chapinha como "o ponta do futuro") e o meia Jean Carlo. Não que fossem terríveis. Se contemporâneos de Buião, Bizu, Hélio ou Ditinho Souza talvez até fossem lembrados com mais simpatia nestas páginas. Mas jogando ao lado de alguns craques a diferença de nível ficava evidente demais. Funciona mais ou menos como com as garotas. Você não consegue deixar de avaliá-las sem estabelecer algum padrão comparativo com o resto do entorno de um determinado momento. A vida é assim, não tem jeito.

O título só não veio em 1992 porque o Palmeiras cruzou na final do torneio estadual com provavelmente o maior time que o São Paulo já teve em sua história. Raí, Müller, Telê, Zetti, Cerezo. Os dois jogos seriam disputados com um intervalo de duas semanas, dado que a equipe tricolor — campeã da Libertadores — viajaria a Tóquio para disputar a final do Mundial Interclubes contra o Barcelona de Crujiff. Em todo o caso, nada que abalasse nossa fé eternamente cega. Dava para ganhar. O "dava para ganhar" durou até os 20 do primeiro tempo. Para ser mais exato, até o instante em que Cafu emendou um sem-pulo certeiro da meia-lua e abriu o placar. É, não dava para ganhar, não. Fim do primeiro jogo, São Paulo 4 x 2. Mesmo com a inquestionável prova de nossa inferioridade, arranjamos — como de hábito — um sólido pilar racional a fim de preservar um pouco de esperança pelos quinze dias seguintes. A viagem ao Japão seria muito desgastante. A inevitável derrota ante o time espanhol abalaria o moral tricolor. No segundo jogo, tudo seria diferente. Metade de nossos argumentos caiu por terra uma semana depois. Madrugada de sábado, prédio no Itaim, acompanhando Tassinari a uma das piores festas de minha vida. Não contente em me levar para tamanha roubada, o distinto enche a cara e passa a noite inteira tentando agarrar, sem sucesso, uma japonesinha.

Na falta de melhores opções, por um bom tempo me diverti acompanhando de longe as peripécias de meu amigo canastrão. Quando enfim deu uma trégua à pobre moça, aproveitei o intervalo e fui até o porteiro perguntar quanto estava o jogo. 1 x 0 para o Barcelona. Beleza. Tudo conforme o previsto, pensei satisfeito enquanto voltava a tempo de rir mais um pouco com o show de Tassinari. Algum tempo depois, ouço o estalido de rojões. Muitos rojões. Que coisa. Nunca pensei que tanta gente torcesse para o Barcelona. De novo ao tal porteiro. O São Paulo virou. 2 x 1. Desanimado, resignei-me à agora solitária crença de que, mesmo vencendo, o time voltaria acabado do Oriente.

Sentados por duas horas na arquibancada do Morumbi, aguardamos o início do jogo. Um calor de matar (dessa vez nem mesmo os dois levaram suas capas de chuva). Ao surgir o vendedor de sorvetes, experimento sensação semelhante ao beduíno que encontra um oásis em sua travessia do Saara. Rapidamente me levanto rumo à salvação sabor limão. "SENTA MÉNEM!", alguém grita. Outras vozes fazem eco. "MÉNEM!" "SENTA MÉNEM!" Olho para Bellini e Tassinari e encontro os dois se matando de rir. E juntando-se ao coro. "SENTA MÉNEM!" Olho mais um pouco e constato ser a única pessoa em pé naquela faixa do público. O sósia do presidente argentino, de atributos físicos extremamente questionáveis, era eu. Chegando em casa, vou correndo cortar estas malditas costeletas. E me vê logo essa droga de picolé de limão.

De volta a meu lugar, auto-estima no chão, mais uma vez bastaram pouco mais de 20 minutos de jogo para receber a pá de cal. Müller 1 x 0. Placar final, 2 x 1. São Paulo campeão. E o Carlos Ménem das Perdizes amargando mais uma derrota. No caminho da saída, cruzo com dois palmeirenses enormes. Em condições normais, deveriam ambos figurar no *Top 10* dos mais mal-encarados da cidade. Naquele momento, contudo, apenas se abraçavam. E choravam feito bebês. Mesmo comovido pela cena, só tive a noção exata de sua dimensão algumas horas depois. Já em casa, tomei um rápido banho, eliminei o *look* argentino e segui para a festa que minha turma da FAU realizava todo fim de ano. Tudo transcorria normalmente até que, embalados pela birita, meus colegas são-paulinos decidiram comemorar o título entoando seus hinos. Instantaneamente fui alvejado pela mesma arma que derrubara os dois gordões. Segurando as lágrimas, saí correndo da festa para sentar-me no meio-fio e lamentar a má sorte.

12.

12 de junho é o Dia dos Namorados. Todo ano. Este, o passado e o próximo. O de 1993 também. Desde 1991 namorava uma colega de faculdade, Claudia. Em abril do ano seguinte ela viajara para Berlim acompanhando a mãe, acadêmica da USP. Morariam por um tempo na Europa. Oportunidade imperdível de evolução pessoal. Toda aquela história, toda aquela cultura. Que experiência de vida! O namoro? Bom, o namoro espera, né? Com minha visão das coisas ainda imberbe, aceitei seus argumentos como se constituídos por uma lógica inquestionável. Parecia mesmo que aquilo tudo traria a ela coisas muito além do que eu, com minha vidinha em Perdizes, poderia imaginar. Vai, não dá para perder mesmo. Levo você ao aeroporto. Contrariando todos os prognósticos, o namoro atravessou quase intacto aqueles dez meses de

velho continente. Porém, passadas poucas semanas de seu retorno, notei que, apesar das infindáveis descrições de museus, cidades, castelos, festas e pessoas, Claudia não evoluíra nada. Continuava pensando as mesmas coisas. Continuava vendo o mundo da mesma forma e com as mesmas perspectivas de antes. A única diferença era uma certa dose de arrogância velada de quem se considerava vivido sem efetivamente ter alguma noção do que o verbo viver significa em sua essência. Quando contrapus àquele deslumbramento o fato de que, enquanto a esperava de volta em meu modesto cotidiano, havia descoberto o design gráfico — minha verdadeira tábua de salvação, a qual me agarrara com unhas, dentes e dedicação incessante —, toda a admiração que sentia por ela foi para o espaço. Sim, a Europa é legal. Para passar férias. Se você trabalha de garçom, pouco importa se é na Barra Funda ou em Covent Garden. Tudo o que você vai adquirir é a vivência de um garçom. Se você é obtuso, pouco importa estar diante das Tuileries ou da praça do Patriarca. Vai continuar obtuso. O grau de apreensão que temos das coisas, e sua conseqüente capacidade de transformá-las em conhecimento, independe de onde estamos. Sócrates nunca saiu de Atenas. Informação não é sabedoria. Horas de vôo muito menos.

De qualquer modo, não foi por estar há alguns meses namorando no piloto automático que não comemorei o Dia dos Namorados. Assim como a Claudia, outras milhares de paulistanas também passaram em branco naquele ano. Não havia como ser de outra forma. Nenhuma efeméride seria importante o suficiente para remover seus pares do local onde se encontravam na tarde de 12 de junho de 1993.

Roberto Carlos, Antonio Carlos, Edílson e Edmundo preencheram as lacunas necessárias e, um ano depois de sua chegada, a Parmalat cumpria sua promessa. O Palmeiras era um esquadrão. Um único ajuste no decorrer do campeonato, a substituição do inseguro técnico Otacílio Gonçalves por Vanderlei Luxemburgo, e pronto. Chegávamos à final do Paulistão contra o Corinthians com impressionante favoritismo.

Combinei com o Nando de irmos juntos aos dois jogos da final. Depois de tantos infortúnios, merecíamos comemorar juntos. Como já previa, tal atitude simbólica implicou chegar em cima da hora e assistir a ambos na curva atrás do gol. Não que tenha sido de todo mal. No primeiro jogo, por exemplo, estava tão longe do local em que Viola fez o gol que definiu o placar que não consegui ver sua comemoração, agachado junto à trave imitando um porco. Só quando li os jornais da segunda-feira tomei conhecimento da provocação feita pelo centroavante corintiano. Viola só não nos irritou mais porque estávamos apavorados com a inesperada derrota. Os anos sem títulos pesaram sobre Bizu e Denys. Mas talvez não pesassem apenas sobre jogadores ruins. Será que perderíamos mais uma vez?

Será que perderíamos mais uma vez? A frase surgiu à minha frente quando acordei naquele domingo, 12 de junho. Havia sonhado com o jogo, mas não me lembrava do placar final do sonho. Será que perderíamos mais uma vez? Minha cabeça martelava enquanto meu piloto automático dava os parabéns a Claudia pelo Dia dos Namorados via telefone. Não, dessa vez nada de lindas e inúteis tardes ensolaradas de inverno. Quando me sentei na arquibancada, faltando pouco mais de meia hora para o início da partida final, tudo o que vi foi um horrível céu cinza-chumbo. Será que perderíamos mais uma vez? Quando, com 2 minutos de jogo, Edmundo, a um metro do gol sem goleiro, chutou para fora, parecia que sim. Era uma sina. Poderíamos montar o time que fosse, no final falharíamos. No final eu viraria o Hulk para escárnio geral. Ou o copeiro. Jogaria escondido na quarta zaga. Entraria pela garagem. Apanharia em silêncio dos corintianos. Seria gordo e tímido. Assistiria impotente à minha namorada ir morar fora. Viajaria sem parar para Sorocaba e São João. Percorreria sozinho todas as ladeiras de Perdizes. Não havia jeito. No final, perderíamos mais uma vez.

Aos 36 minutos, Edmundo avança pela intermediária. Tenta driblar o adversário, mas a bola se enrosca. Sobra, mascada, na entrada da grande área para Evair, que não jogara o primeiro jogo. De costas para o gol. De costas para mim, sentado atrás do gol no qual atacávamos no primeiro tempo. Com surpreendente lucidez, o centroavante enxerga Zinho entrando na área pela diagonal direita. Toca de lado. Zinho recebe a bola. Corre alguns metros. Ajeita. Chuta cruzado, a meia altura. O goleiro Ronaldo pula, esticando ao máximo seu braço direito. Não alcança. A bola bate na trave.

E entra.

A descrição se encerra por aqui. Não vi mais nada. Uma fração de segundo após o chute de Zinho atravessar a risca do gol de Ronaldo, caí de joelhos no degrau da arquibancada. As mãos cobrindo o rosto. Chorando copiosamente.

Já assisti a tal cena dezenas de vezes. Tenho o jogo gravado em vídeo e revejo-o de tempos em tempos. Não adianta. Minha memória teima em não se convencer com ângulos mais favoráveis ou *replays* para recordar aquele momento. Até hoje o primeiro gol do Palmeiras acontece exatamente no ângulo que vi. Na velocidade lenta. No final abrupto, ajoelhado no chão. Por mais que tenha visto pela tevê toda a comemoração que se seguiu, não me parece de fato algo real. Zinho fez o gol e as luzes se apagaram.

"Você já parou para pensar que se o jogo terminasse agora seríamos campeões?" Nando me pergunta durante o intervalo. Lógico. Desde os 37 minutos não penso em outra coisa. Mais do que a simples vantagem no placar, aquele gol fez com que a grande arma do Corinthians para vencer a partida e o campeonato — nossos dezesseis anos de jejum — se dissipasse no ar. E sem peso o Palmeiras era muito mais time. No 2º tempo, Evair e Edílson definiram a goleada do tempo normal. 3 x 0. Restava a prorrogação. O empate era nosso e contávamos com um jogador a mais. "Você já parou para pensar que se não tomarmos nenhum gol seremos campeões?" Logo no início da prorrogação, Edmundo é derrubado na área. Pênalti. Com a tranqüilidade de quem vai comprar pão na esquina, Evair bate.

Acabou. A fila acabou.

"Você já parou para pensar que somos campeões?" Nós nos abraçávamos e éramos abraçados por dezenas de desconhecidos. Campeões. Inacreditável. O grito que por tanto tempo ouvíramos, mur-chos, vindo do outro lado do estádio, saía agora de nossas gargantas. É campeão! Palmeiras Campeão Paulista de 1993. Muito bem, muito bem. Mas o que fazemos agora? Descobrimos não estar preparados para a liturgia de um torcedor campeão. Vontade de ligar para o Belo, são-paulino farto de títulos, e perguntar qual o procedimento que se deve tomar quando seu time vence. Primeira providência, comprar as faixas de campeão. Gatos escaldados por 1986, evitamos comprá-las na entrada, mesmo que agora estivessem custando o triplo. Uma vez devidamente paramentados, hora de seguir rumo a um boteco na Mourato Coelho, próximo à distribuidora de alimentos que o Nando abrira em sociedade com seu irmão Tonico. Encontramos Mitsuo, dono do bar e palmeirense, desmaiado sobre uma das quatro mesas brancas de metal. Acompanhara o jogo pela tevê e, durante nosso translado, bebeu quase metade de seu estoque. Não tem problema. Sem cerimônia, baixamos a porta de metal e começamos a levantar as tampas dos *freezers*. Um evento fechado trazia toda a pompa necessária à ocasião. Ainda que estivéssemos realizando-o no bar do Mitsuo.

Empenhado na divertida mas desastrosa tarefa de executar um misto quente na chapa, pela tevê acompanhava o desvario de Roberto Avallone em seu *Mesa-Redonda Futebol Debate*. O apresentador, que até aquela data mantivera sob controle suas preferências pessoais, mal conseguia ser enquadrado pelo câmera, tamanha sua agitação. "Palmeiras 1, 2, 3, 4 a 0!!" "No próximo bloco, mais Palmeiras!!" Enquanto esvaziávamos garrafas de cerveja e nos divertíamos com a possessão de Avallone, os amigos iam chegando. Mitsuo seguia imóvel, mesmo com a crescente gritaria. Depois de nos esbaldarmos de cerveja e sanduíches duvidosos em nossa festa *privé*, hora da cereja no bolo. Comemoração na Paulista. Não que efetivamente a festa na avenida fosse uma delícia. Não era. Mas seu valor simbólico compensava.

Cheguei em casa alta madrugada. Num estado lastimável. Saindo do elevador, percebi que esquecera as chaves. Era muito tarde para tocar a campainha e acordar minha mãe. Como se dormir num *hall* de três metros quadrados fosse a coisa mais normal e confortável do mundo, agachei-me, encostei a cabeça na parede e fechei os olhos sem nenhum sinal de irritação. Até que não está tão ruim assim. Talvez tenha dormido por poucos minutos, talvez por algumas horas. Não sei. Fui subitamente acordado pela luz do elevador, anunciando mais uma parada em meu andar. Quando a porta se abre, meio sonolento e meio bêbado, vejo surgir toda lépida minha irmã Natalia. Na mão esquerda, seu molho de chaves. Amarrada às costas, tal qual uma capa de super-herói, a bandeira do Verdão. Pareceu não se assustar com a inesperada visão do irmão dormindo no *hall*. Apenas enfiou a chave na fechadura e disse num largo sorriso:

"O Palmeiras foi campeão! Agora tudo pode acontecer!"

Fotos 1, 3 e 5 *Observado por Denys e Martorelli, Tato marca o segundo da Inter.* (Domício Pinheiro/AE)

Fotos 2 e 4 *Perdizes.*

Foto 6 *Além Ponte.*

Foto 7 *Jorginho sofre falta.* (Claudine Petroli/AE)

Foto 8 *São João.*

Foto 9 *Edu comemora no alambrado do Pacaembu.* (Rolando de Freitas/AE)

Foto 10 *Perdizes.*

Foto 11 *Torcida festeja o fictício título do 1º turno do Paulistão de 1987.* (Clovis Cranchi Sobrinho)

IMPRESSÃO E ACABAMENTO:
YANGRAF Fone/Fax:
6195.77.22
e-mail:yangraf.comercial@terra.com.br

Este livro foi escrito durante o primeiro semestre de 2005 no Edifício Garoa, Rua Dr. Gabriel dos Santos, em São Paulo e está composto em Swift Regular para os textos.

Os poucos dados precisos sobre alguns jogos foram obtidos em consulta ao Almanaque do Palmeiras, editado pela revista Placar, inestimável presente de Cristina Veit. Eventuais (e prováveis) erros ou imprecisões históricas são de exclusiva responsabilidade do autor.

É dedicado a Ademir, Arlete e Natalia, minha família de palmeirenses.